父亲的道歉信

〔日〕向田邦子 著　张秋明 译

人民文学出版社

著作权合同登记号：01-2021-6004

CHICHI NO WABI-JO by MUKODA Kuniko
Copyright © 1978 MUKODA Kazuko
All rights reserved.
Original Japanese edition published by Bungeishunju Ltd., Japan in 1978.
Chinese（in simplified character only）translation rights in P.R.C. reserved by Shanghai 99 READERS' CULTURE CO., LTD., under the license granted by MUKODA Kazuko, arranged with Bungeishunju Ltd., Japan through The Sakai Agency, Japan and. Bardon-Chinese Media Agency, Taiwan.

图书在版编目（CIP）数据

父亲的道歉信 /（日）向田邦子著；张秋明译. —
北京：人民文学出版社，2021
ISBN 978-7-02-014941-4

Ⅰ.①父… Ⅱ.①向… ②张… Ⅲ.①散文集 – 日本
– 现代 Ⅳ.①I313.65

中国版本图书馆CIP数据核字(2021)第240860号

责任编辑　朱卫净　　李　殷
装帧设计　汪佳诗

出版发行　人民文学出版社
社　　址　北京市朝内大街166号
邮政编码　100705

印　　制　上海盛通时代印刷有限公司
经　　销　全国新华书店等

字　　数　80千字
开　　本　880毫米×1230毫米　1/32
印　　张　8.875
版　　次　2021年12月北京第1版
印　　次　2021年12月第1次印刷

书　　号　978-7-02-014941-4
定　　价　50.00元

如有印装质量问题，请与本社图书销售中心调换。电话：010-65233595

目录

代序
一部反映日本昭和年代的"生活文化史"

译序
我的"向田邦子热"

父亲的道歉信　1
身体发肤　12
隔壁的神明　23
纪念照　34
行礼　44
孩子们的夜晚　54
细长的海　63
吃饭　73

阿轻与勘平 84

徒樱 94

车中百态 105

老鼠炮 115

小与大 126

海苔寿司卷的两端 137

学生冰淇淋 149

游鱼眼中满含泪 160

左邻右舍的味道 171

兔与龟 182

点心时间 192

我的拾遗集 202

昔日咖喱饭 212

鼻梁绅士录 222

天妇罗 232

鸡蛋与我 243

后记 254

跋 泽木耕太郎 258

代序

一部反映日本昭和年代的"生活文化史"

杨锦昌

编号B-2603波音737型的远航客机,从台北飞往高雄途中空中解体,坠毁在苗栗三义,机上百名乘客全数罹难,其中包括一名日籍女性作家向田邦子。

这是一则发生在1981年8月22日的坠机事件报道。无可讳言,此一不幸的空难事件,让台湾成为向田爱好者的伤心地,至今仍难以从某些日本人的记忆中抹灭。然而,这场空难却意外地让许多台湾民众开始注意到这位曾活跃于日本广播界及电视界的著名剧作家及文坛女作家,甚而成为她的忠实读者。

向田邦子1929年11月28日出生于东京世谷田区。1958年师事剧作家市川三郎先生后,便着手撰写广播剧及电视剧本。1964年以电视剧《七个孙子》声名大噪,自此由她编剧的电视剧便广受观众喜爱，收视率也都居高不下。不但如此，她创作的广播剧（上万部）及电视剧本（上千部）数量相当可观，台词与剧情巧妙逗趣，更是为她缔造出"向田剧"的美称。

1975年10月，向田邦子因患乳腺癌住院开刀，过程中由于输血不当，曾引起并发症（感染了血清肝炎）及右手瘫痪。但如此困境并未将她打入绝境，反而因接受《银座百点》杂志的约稿，于1976年2月起开始连载随笔，自此为她带来另一个新的转机，将写作触角扩及随笔及小说。

值此转机之际，不但剧本风格为之一变，由原本的逗趣喜剧家庭剧，转向处理家庭崩溃的严肃戏剧，而且生活也无时无刻地笼罩在死亡的阴霾中：

"出院之后的那一阵子，我看到'癌'字跟'死'字，总觉得特别不一样。甚至在睡梦中也会对癌症心生恐惧，但在日常生活里我却故意装做不认识这个字。（中略）当时我很担心自己可能活不久了。"（本书后记）

最后这种死亡的阴影，伴随着时间与际遇，直接内化在向田日后的作品中，成为她作品的重要主题。集子《父亲的道歉信》里《行礼》、《吃饭》两篇中描绘担心亲人会惨遭空难与空袭的不测，每每都表现出对死亡的恐惧，而《老鼠炮》及《隔壁的神明》等篇章也都呈现出与死亡有关的主题。其中，《老鼠炮》一篇更将昔日惊鸿一瞥及一面之缘的"过往"人物，藉由记忆的解读，一幕幕如影像般呈现出来，并使其苏醒、重生与重逢。

　　本书包含二十四篇随笔，篇篇各有巧妙、精湛、幽默及出人意表之处。例如主题看似严肃的《老鼠炮》是温馨感人的上乘之作，颇值得一读。根据泽木耕太郎于本书结尾的《解说》中指出，本书与1980年出版的小说集《回忆，扑克牌》一样，都有下列共通的特征："文字很有视觉性，结构具有戏剧性，而且都是以回忆为故事的主轴。"

　　再者，一般大众对于其跨时空地跳跃式串联记忆的写法及敏锐的"阅读记忆与观察人性"的能力都赋予高度的评价。例如，向田邦子运用其敏锐的阅读记忆与观察人性的能力，在本书中清晰地勾勒出已于1969年去世的父亲身影。父亲出身清寒，由寡母含辛茹苦养育成人。成长后的父亲不苟言笑，时常严厉训斥子女。尽管如此，向田邦子最后都会以温馨感人的独特笔调，写出父亲心地善良的特质。而书中第一篇《父亲的道歉信》即是代表作。

　　再者，《车中百态》篇也是向田阅读记忆与观察人性的经典之作。文中结尾点出："出租车是种很奇妙的交通工具，一下车便好像踏入不同世界，早就将车内的事忘得一干二净。随着出租车的离去，记忆也跟着走远了。"作品运用狭窄的出租车内的对话与外来的广播消息相结合，呈现出许多出人意料的戏剧性情节和故事，间接反映社会现象及人生百态。作家水上勉读过《父亲的道歉信》后,不但对向田的文采赞赏不已,且对其电视上的妙语如珠也赞不绝口。他曾对向田说:"如果你致力于小说创作,相信一定可以写出经典杰作。因为我曾以看小说的心情看过你的《父亲的道歉信》。"

译序

我的"向田邦子热"
张秋明

打从一开始,我就是个向田邦子迷。

1981年的暑假,我第一次听见向田邦子的名字。

因为远航坠机事件,一位知名的日本女作家意外丧生在异国的海岛上。从连日来的报纸副刊中读到了她的散文随笔,从此便喜欢上她的文字风格。例如当时读到的一篇《被压扁的纸鹤》中,提到了小学时的美劳课教折纸鹤。她因为从小跟在祖母身边,十分熟习这类的手艺,折完自己的之后,便到处去帮面有难色的同学。等到老师验收成果时,但见同学们都高举着纸鹤,却发现自己的纸鹤不知何时已掉落在地上被踩扁了……诙谐的笔调,犀利地分析出自己的人生总是重复着"被压扁的纸鹤"模式,也仿佛预示着当她写作生涯正如日中天地要展开时,众里寻她千百度的人们却惊见她在坠机事件中落幕。

当时的报纸还强调，日本各大书店为了悼念她，纷纷设立了向田邦子著作专柜。我以为那不过是一种商业手法，及至后来读了日文系，也到过东京工作之后，才发现与向田邦子相关的著作竟是推陈出新、延续至今。她个人亲笔的新作固然随着斯人已去而不复见，但书商还是有办法将她早年担任电影杂志编辑的《编辑后语》、报章杂志上访谈录等集结成书；她的亲朋好友也不时发表回忆的文章，透露向田邦子的传奇小故事。此外也有不少学者专家试图解析她的作品与内心世界的关联，但结论总是落在一个"谜"字上。出版社甚至还举办了多次的《向田邦子的世界》展，展出她的作品、照片、服饰、文具、收藏、生活用品……宣扬她的生活美学。而每年 TBS 电视则是重组她的作品要素，结合生前的好友导演（久世光彦）、演员（加藤治子、田中裕子、小林薰等）推出年度大戏的新春特别节目，形成惯例。至于她的经典剧本则是一再被拍成电影，成为影展上的常客，例如前几年东京影展大片《宛若阿修罗》（八千草薰、大竹忍、黑木瞳等主演）便是。

向田邦子一向很懂得吃，有一个专门收集美食信息的小抽屉。因为爱吃也会煮，所以和妹妹和子出了一本拿手菜的食谱，还开了一家小酒馆"妈妈屋"（mamaya），卖些家常小菜。那年我在东京工作时还特别到位于赤坂日枝神社旁的小店，品尝书中向往已久的"紫苏西红柿色拉""辣味红萝卜""柠檬蜜地瓜""炸豆腐香汤"……别问我滋味如何，毕竟事隔近十年，何况当时多少带着缅怀故人的心情去朝圣，所以除了味美，已不复记忆。倒是手边还留有那张印着"妈妈屋"的收据，夹在《向田邦子的拿手菜》食谱中作为纪念。

父亲的道歉信

前不久的深夜里,有人送来一只龙虾。

就在工作告一段落洗完了澡,心想难得能和一般人一样于正常时间就寝,正好整以暇地摊开晚报时,门铃便响了,是朋友差人将刚从伊豆专车送来、装在竹笼里的龙虾放在我家玄关地上。

这只龙虾生食切片足够三四个人吃,颇具分量,而且还很生猛活跳。

"龙虾会跳动,开火时千万压紧锅盖。"送龙虾来的人临走前交代。对方人一走,我便将龙虾从竹笼里放了出来。心想反正它也活不久了,不如赏它些许的自由吧。龙虾晃动着美丽的长须,步履艰难地行进在玄关的水泥地上。不知道它黑色的眼珠看见了什么?它那吾人认为是珍馐美味的虾黄,如今又在思考着什么呢?

大概是七八年前的岁暮吧,一位关西出身的朋友不满龙虾的腾贵,于是提议直接到产地去购买,并答应分我一些。

那只塞满在竹笼里的龙虾放在大门口走廊上，因为没有屋内隔间，半夜里龙虾爬到了客厅。它大概想沿着钢琴脚爬上去吧，隔天我登门造访时，黑色喷漆的钢琴脚已经惨不忍睹，地毯上也沾满了龙虾的黏液，就像是被蛞蝓爬行过的痕迹。记得当时我还取笑朋友"贪小便宜，反而吃了大亏"，想到这儿赶紧将放在玄关地上的马靴收进鞋柜里。

关在屋里的三只猫不知是听见了龙虾摆动螯脚的声音，还是闻到了气味，显得骚动不安。

我有种想让猫咪看看这只龙虾的冲动，但终于还是打消了念头。尽管说捕猎是动物的天性，但毕竟身为主人，眼看着自己的宠物做出残忍的行为还是于心不安。

我担心继续看着这只龙虾会起移情作用，于是将它放回笼子里，收进冰箱底层后回到卧室。总感觉能听见龙虾蠢动的声音，搞得自己难以安眠。

像这样的夜晚肯定会做噩梦的。

七八年前，我曾经做过猫咪变成四方形的梦。

现在所养的科拉特（Korat）公猫马米欧刚从泰国送来时，跟家里之前养的母暹罗猫合不来，因此在它适应前，我将它养在宠物专用的方形箱子里。

之前曾经在电视上看到关于"方形青蛙"的报道，

说是江湖艺人事先将青蛙塞进方形箱内，然后用诙谐有趣的说辞将压成方形的青蛙卖出去。买了青蛙的客人回到家打开一看，发现青蛙已恢复了原状，而江湖艺人早不知跑到哪儿去了。当时我也觉得这则新闻有趣而跟着大笑，但笑声里总存在着一丝难以抹去的哀伤。

　　梦境中，马米欧变成了灰色的方形猫，我抱着猫咪放声大哭，直问"究竟是怎么一回事"。后来被自己的哭叫声惊醒时，眼角净是泪水。我立刻起床探视猫笼，猫咪正蜷着身体睡得香甜。

　　关上电灯看着天花板，尽量让自己不要想到那只龙虾，脑海中却突然浮现出玛琳·黛德丽的面容。

　　那是电视上播放老电影《羞辱》（*Dishonored*）的片尾镜头。饰演妓女的玛琳·黛德丽因叛乱罪将被枪毙，在军官一声"射击"令下，几十个并排的士兵同时开枪。那设计真是聪明，发号施令的人认为不是自己下的手，开枪的士兵也能安慰自己"这一切不过是听命行事罢了"。而且我还听说，在那种情况下，士兵也不知道谁的枪支里装进了实弹。

　　说到这里，不免觉得一个人独居也有不便之处。

　　决定要吃龙虾的人是我，得动手宰杀的人也是我。一想到还在冰箱里活蹦乱跳的硕大龙虾，心情便很沉重,半睡半醒之间竟已经天色大白了。

隔天上午我抱着还有生气的龙虾跳进出租车,选了家中有年轻气盛大学生的朋友家当作礼物相送。

玄关还残留着龙虾的气味和湿黏的体液污渍。我点燃线香除臭,趴在地上清洗水泥地板时怪罪自己:连只龙虾都不敢处理,难怪在电视剧中也不敢安排杀人的情节!

小时候,曾经在玄关前遭父亲责骂。

担任保险公司地方分公司经理的父亲,大概是参加完应酬,三更半夜还带着酩酊大醉的客户回家。因为母亲忙着招呼客人、收拾外套和带客人进客厅,从小学时代起,帮忙排好皮鞋的工作自然落在身为长女的我身上。

然后,我得再赶到厨房烧水准备温酒、按照人数准备碗盘筷子。接着我又回到玄关,将客人皮鞋上的泥土刷干净,若是下雨天还必须将捏成团的旧报纸塞进鞋里吸干湿气。

那应该是个下雪的夜晚。

妈妈说她负责准备下酒菜,于是我便到玄关整理鞋子。

七八个客人的皮鞋都被雪水沾湿了,玄关玻璃门外的地面也因为雪光而照得亮白。或许是缝隙钻进来冷风的关系，连旧报纸摸起来都觉得冰冷无比。由于以前曾有将印着天皇照片的旧报纸塞进湿鞋里被骂的经验，我用冻僵的双手一边搓揉报纸，一边仔细检查报纸的内容。此时，父亲哼着歌曲从厕所走向客厅。

父亲天生五音不全，是那种能将《箱根山天下险要》的歌曲唱得跟念经一样的人。像这样嘴里哼歌的情形，几乎半年才会发生一次。我一时兴起，开口问："爸爸，今天来了多少客人？"

"笨蛋！"冷不防便被怒斥一句。

"不是叫你帮忙整理鞋子的吗？难道你认为会有一条腿的客人吗？"

只要算一下有几双鞋子就能知道客人人数，我实在不该明知故问的。

说的也是，我心想。

父亲站在我背后好一阵子，看着我将塞好报纸的鞋子一双双并拢放好。像今天晚上人数众多就算了，如果只有一两位客人时，我就会被数落："那样子摆是不行的。"

"女客人的鞋子要并拢排好，男客人的鞋子则要稍微分开。"

父亲坐在玄关上亲自示范，将客人的鞋子顺着鞋尖微微分开放好,"男客人的鞋子就是要这样子摆"。

"为什么呢?"看着父亲的脸,我很直接地反问。

父亲当时不过三十出头,为了让自己看起来显得稳重威严而留了胡须。这时他一脸困惑,沉默了半晌之后,有些恼怒地丢下一句"你该睡觉了",便转身往客厅走去。

我至今仍没有忘记在问客人人数之前先数清楚鞋子有几双的训斥,但是对于何以男客人的鞋子得稍微分开摆好则是多年之后才弄明白的。

父亲洁身自好,为人认真老实,唯有脱鞋子的方式跟常人一样粗鲁,总是胡乱将脱下的鞋弃置在玄关前的石板地上。

由于家里常有来客,所以父亲对于我们如何收拾客人鞋子和孩子个人的脱鞋方式管教得十分严格,然而自己做的却是另一套。趁着父亲不在时,我不禁开口抱怨,母亲这才告诉我其中缘由。

父亲生来不幸,从小是遗腹子,母子俩靠着针黹女工勉强过活,懂事以来都是寄宿在亲戚朋友家。

因为从小母亲便告诫他必须将脱下的鞋子尽量靠边放好,少年得志的父亲有了自己的房子住后,自然想随心所欲地将鞋子脱在玄关正中央。这是新婚之际父亲对母亲说的。

借由脱鞋的方式将十年——不止，应该是二十年的积怨表现无遗。

但父亲有一次难堪的脱鞋经验。那也是一个冬天的夜晚，战况日益激烈，东京即将遭受猛烈的空袭。

穿着卡其布国民服、裹着绑腿、头戴战斗帽的父亲难得酒醉夜归。当时的酒属于配给制，即便是晚宴也几乎不供酒，或许他喝的是黑市的酒。因为灯火管制的原因，父亲在罩着黑布的灯光下脱鞋，可是他居然只有一只脚穿着鞋子。

原来是经过附近军用品工厂旁边的小路时，养在工厂里的军犬放声吠叫。一向讨厌狗的父亲怒吼："吵死人了，闭嘴。"并抬起一只脚作势要踢出去，结果鞋子顺势飞出，掉到工厂围墙里。

"难道没有绑紧鞋带吗？"母亲质问。

"因为穿错了，穿了别人的鞋子。"父亲怒吼般大声回答后，便转身回房睡觉。那只鞋子的尺寸果然比父亲的大了许多，是别人的鞋子。

隔天一早，我踩着结霜的泥地赶到现场。在狗叫声中爬上电线杆朝工厂里窥探，果真在狗屋旁看到类似鞋子的东西。这时正好有人出来，我向对方说明原委后，对方才将鞋子丢出来，说："你是他女儿吗？辛苦你了。"

鞋子虽然有被狗咬过的痕迹，但我心想反正它也很破旧了，应该没什么关系，还是将鞋子拿回家去。在那之后的两三天里，父亲就算和我四目相对，也会装出一副若无其事的样子。

那时候流行《别哭泣，小鸽子》这首歌，所以应该是昭和二十二年或者二十三年（1947或1948）吧。

当时父亲转调到仙台的分公司服务。弟弟和我则留在东京外婆家走读，只有在寒暑假才回到仙台的父母身边。当时东京严重粮食缺乏，仙台却是个米乡，所以偶尔回家，会觉得那里的物资丰盛，宛如另一个世界。位于东一番町的市场里烧烤鲽鱼、扇贝的摊贩栉比鳞次。

当时最好的待客之道就是请喝酒。

保险业务员之中不乏爱好杯中物的人。光靠配给，当然是不足以解馋，于是母亲也学别人酿起浊酒来。先将米蒸熟，再加入浊酒曲，放进酒瓮里发酵，不时得蒙上旧棉袄或被子检查发酵情况。到了夏天还得冒着被蚊虫叮咬的可能，钻进棉被里，附耳在瓮上倾听。

听见"咕噜咕噜……"的声音就表示酿制成功了，否则整瓮的浊酒便寿终正寝。

这时，母亲就会从储藏室拿出汤婆子①到井边清洗干净，然后用热水消毒过后，装满热水，绑根绳子，放进浊酒之中。经过半天的时间，浊酒便又咕噜咕噜地恢复了生气。

但是如果温度太高，浊酒会沸腾而变酸，如此便不能拿出来待客，只好用来腌渍茄子、小黄瓜，或当作小孩子的乳酸饮料，我们昵称它是"孩子们的浊酒酿"。酸酸甜甜带点酒味，对于喜好饮酒的我而言，是最棒的点心了。我还曾经联合弟弟、妹妹多放了几个汤婆子进去，而被父亲骂说："你们是故意酿失败的吧！"

来客多时，准备下酒菜也是一件大工程。有时除夕夜赶夜车回家，才进门就得到厨房帮忙剥除墨鱼皮，分量多到手指几乎冰冷得失去知觉，剥好的墨鱼还得切丝腌制成满满的一桶酱菜。当时正值币制改革，家中经济困难，我却还能到东京的学校就读，内心自然有种亏欠感，所以也的确很认真地帮忙做家事。

帮忙做家事，我并不引以为苦，讨厌的是酒醉客人的善后。

仙台的冬天酷寒。那些保险代理店、业务员等客

---

① 一种用铜锡制成的扁瓶，内盛热水，可置于被子里暖脚。

人，冒着风寒沿着雪路，从营业单位来到家里，听着父亲慰劳的话语，一杯又一杯地将浊酒灌进喉咙，要不喝醉才奇怪呢。尤其是业绩结算日的晚上，家里总是飘散着酒香。

有一天早上起床，感觉玄关特别寒冷。原来是母亲打开玄关的玻璃门，将热水倒在地板上。仔细一看，竟是喝到凌晨才离去的客人吐了满地的污秽，整个在地板上结成了硬块。

玄关吹进来的风，或许夹带着门口冰冻的雪花，吹得我额头十分刺痛。看见母亲红肿龟裂的双手，我不禁气愤难平。

"我来擦吧。"不理会母亲"这种事情我来就好"的说辞，我推开她，拿起牙签刮除渗进地板里的秽物。

难道身为保险公司分公司经理的家人，就必须做这种事情才能过日子吗？对于默默承受的母亲，以及让母亲做这种事的父亲，都令我怒火中烧。

等我发现时，父亲不知何时已经站在我身后的地板上。

他大概是起床上厕所吧，穿着睡衣、拿着报纸，赤着脚看着我的手部动作。我心想他应该会说些"真是不好意思""辛苦了"之类的话来慰劳我。但尽管我有所期待，父亲却始终沉默不语，安静地赤着脚，直到我清理完毕，还一直站在寒风刺骨的玄关前。

经过三四天，到了我该回东京的日子。

在离家的前一个晚上，母亲给了我一个学期的零用钱。

本以为那天早上的辛劳会让我多拿一些零用钱，结果算了一下，金额仍旧一样。

父亲一如往常送我和弟弟到仙台车站，直到火车发动时，才一脸木然地说声"再见"，再也没有其他的话语。

然而一回到东京，外婆却通知我父亲来信了。纸卷上写着毛笔字，文章比平常还要正式，告诫我要好好用功。书信的结尾，写着一行我至今依然记得的句子——"日前你做事很勤奋"，旁边还加注了红线。

那就是父亲的道歉信。

身体发肤

好久没有受伤了，虽然只是轻微的擦伤。

零钱掉在玄关前的水泥地上，弯腰下去捡，起身时一不小心头撞到了门把上。左边太阳穴附近留下了三厘米长的伤痕，就像是贴了一根胭脂红的毛线在上面，害我约十天必须眯着眼睛走路。

四十年前，同样的部位也曾受过伤。

那是刚上小学时的一个冬日傍晚。因为全家要出门，我感到十分兴奋。虽说是出门，其实不过是出去吃顿简单的西餐和布丁，回程路上再买个玩具而已。但能穿上外出服，就是件令人高兴的事了。

我已经先换好衣服，并将所有人的鞋子拿出来摆在玄关前。玄关的天花板很高，上面挂着一盏铃兰花形状的黄色吊灯。

由于新买的长袜束带很紧，我坐在阶梯上，将脚伸进父亲的大皮鞋里调整束带的位置。红色宽幅橡胶束带上用两条黄线缝着一道咖啡色的皮革。父亲的皮鞋旁是母亲的和服夹脚鞋，厚实的软木鞋底贴着蔺草鞋面。玄关正前方有衣帽架，上面那顶有着紫色蝴蝶结的灰色毡帽是我的，另外还有弟弟的黑帽和父亲的呢帽。因为够不着，我不断地向上跳，想取下帽子。好不容易抓到了，却将整个衣帽架扯下来，刮伤了我的眼角。

之后的情景我便完全没有印象了。

倒不是说我当时昏迷失去了意识，但就是完全记不得。像这种情况，父亲一定会怒火冲天，而且会斥责母亲或拿祖母出气，然后我会被送去就医，那一晚的出门盛事肯定在慌乱中告终。但如今留下来的，就只是衣帽架滑落时的鲜明记忆，以及我不时用食指抚摸左眼角上一个小小疤痕的习惯。

我因为跳上跳下而受伤，小我两岁的弟弟也曾因为跌倒，在相同部位受了伤。

弟弟五岁那年，父亲为他在庭院里挖了池塘。从小辗转投靠其他人家过日子，出生便是遗腹子的父亲，大概很想给长子一个池塘，来放养自己钓来的鲤鱼和鲫鱼。

连地点也选在回廊边，好让弟弟坐着攀住栏杆便能俯视。

父亲汗流浃背地挥动铲子，挖出一个相当大的洞穴，并用水泥加以巩固，而且还很讲究造型，边缘呈自然的曲线设计，池边还有水泥堆砌的小小假山。父亲对手工艺一向很不拿手，现在回想起来，那应该是个做工粗糙的池塘。但是大家都知道一旦取笑他后果不堪设想，所以我只记得不管母亲、祖母还是进出家里的人，都一致称赞父亲的作品。

然而就在水泥凝固、即将灌满水的时候，坐在回廊边观看的弟弟竟然跌了下来，头颅撞到池边的假山，肿起了一个大包。

不知道弟弟的脑袋瓜里装了什么，天生就很大。翻阅当时照片，穿着和服、套上围兜的弟弟，一脸活像是福助袜套的广告玩偶似的，笑着坐在回廊边。难怪他会头重脚轻地栽跌下去。

对于弟弟跌倒之后，家里呼天抢地的乱象我不复记忆。但我清楚记得半夜起床上厕所时看到的景象：

客厅里灯火通明，弟弟睡在待客用的被窝里。额头上贴着好大的一块马肉。好像是听说马肉能够驱热消肿，专程去买来的。父亲坐在弟弟枕畔，双手盘在胸前，神情凝重得仿佛世界末日已然到来。

我蹑手蹑脚地爬上二楼，看见祖母忍着笑，跪在佛龛前念经。那本经书封面烫金，上头画着浓淡有致的粉红色莲花，打开来就像手风琴一样。

盛怒的父亲竟连夜将池塘给掩埋了。直到今天，当我享用马肉沙西米或马肉火锅时，总会想起"父亲的池塘"。晚年身材肥胖的父亲，挖掘池塘的当年则很瘦削。眼前不禁交错浮现击碎水泥石块时父亲青筋浮凸的白皙小腿和弟弟额头上贴放着的偌大马肉块。

人说吃马肉身体会发热，果然是真的。

我们四个姐弟妹，连受伤都有连锁反应，最小的妹妹脸上也曾受过伤。

我记得这是祖母过世后办丧事时发生的事。因为小妹觉得和尚念经很好笑，于是家里给她牛奶糖，让她一个人在庭院玩耍。

刚好那一天园艺师傅也来家里帮忙修剪假山上的松树。似乎是小妹站在梯子附近，园艺师傅的裁树剪刀掉了下来，划伤了小妹的眼角。

小妹的哭叫声惊动了所有的亲戚，大家都站起身来。

"不得了了，和子的眼睛受伤了！"

母亲几乎是一把推开叉着腿站在一旁惊叫的父亲，只穿着袜套便冲到庭院抱起小妹，二话不说地往隔壁的外科医院跑。所幸小妹伤势不严重，如今也没有留下疤痕。不过这却让我发现：一旦发生紧急事件时，父亲不是呆立一旁就是只会大呼小叫，母亲则是毫不犹豫地当机立断采取行动。这或许就是父亲与母亲、男人与女人的差别吧。

行动一向比母亲迟钝的父亲，倒是有一次为了孩子而有付出。

我所就读的女校是四国高松县立第一高女，入学没多久，便因为父亲调职，在第一学期结束后必须参加东京目黑女中的插班考试。

考试日期正好是我刚动完盲肠手术后不久，因此我跟校方提出了免除体育考试的申请。

考试当天清晨，母亲发现睡在一旁的父亲居然冷汗涔涔地呻吟着，赶紧摇醒他。原来父亲做了关于我插班考试的梦：尽管我提出申请，校方还是没有免除体育考试的项目，要求我跑步，于是父亲挺身而出拜托校方："这孩子刚病愈，请让我代替她跑吧。"

结果父亲夹在一群参加插班考试的女学生中，万绿丛中一点红地站在起跑点上。枪声响起，他努力地往前跑，偏偏两脚像是生了根一样，不管心里多焦急就是无法前进，正在紧张慌乱之际就被母亲给喊醒了。

这件事是在庆祝我通过插班考试的晚餐桌上，听母亲提起的。

"你能顺利考上,都要感谢你爸爸。"母亲一边盛着红豆饭,一脸感动地如此表示。

祖母也在一旁附和:"邦子有这么好的父亲真是幸福。"说完,她背着父亲用装筷子的木盒戳我的屁股,低声催促,"还不赶快说声谢谢。"

我心想:何必在梦中帮我跑步,还不如平常少点拳打脚踢与唠叨责备。但如果我真的说出这番话,肯定要被斥责的。明知道很不合情理,但我还是毕恭毕敬地伏在榻榻米上,在饭桌旁磕头道谢。爱笑的弟弟则是忍着笑,在一旁晃着他那福助玩偶般的大头。

就以前的人来说,父亲的身材算高大,玩起棒球或乒乓球,一群小鬼头都不是他的对手,偏偏他就是不会骑单车。关东大地震时,父亲跟朋友借了辆单车避难,事后却怎么样也无法再骑回去归还,迫不得已只好将单车扛在肩上,走一天的路物归原主。

或许因为自己不拿手,他便很讨厌女孩子家骑单车。

"那种东西不是女生可以骑的。那么想要的话,就去开汽车或骑马!"

那可是三十年前的往事,说什么开汽车或骑马,根本就是天方夜谭。妹妹她们好像都偷偷在学,唯有身为长女的我听信父亲"万一被我发现你在骑单车，小心我当场把你给拖下车"的警告，至今仍不会骑单车。

可是当我开始上班之后，竟流行起骑车郊游来，公司同仁发起结伴同行。我这个人平常就很多事，又爱说话，自然被选为干事。等到计划妥当，决定了郊游日期后才猛然发觉，我根本完全忘了自己不会骑单车。

请柬都发出去了，怎么能取消呢。我只好假借担心当天的天气不好或可能有突发状况，想打消出游的计划，但事与愿违，最后还是不得不开口承认实情取消活动。之后的一段时间里，只要有人一提到"单车"这个字眼，同事们都会看着我窃笑不已。

碍于父亲严厉的视线，我虽然不曾跨骑在单车鞍座上，倒是有两三次坐在后座让别人载的经验。那是动完盲肠手术，刚出院不久的事。

因为体力还没有完全恢复，走路会有点精神恍惚，加上刚进行过插班考试，心想今天就算被父亲看见也没什么关系，于是我大胆地紧抓着要好的同学肩膀骑车出游。就在经过佑天寺附近的马路时，被行军的队伍给拦了下来。现在当兵没什么了不起，但那时可是

"军队通过，闲杂人等让开"的时代。

旁边和我们一样被拦下来，看着这一群汗臭味熏天的卡其色队伍走过的，是一辆满载兔子的三轮车。三轮拖车里放着大铁笼，上面盖着一张铁丝网以防兔子逃脱，网眼中伸出白色的兔耳朵来。

从小生长在都市里的我，从来没有那么近距离看过兔子，不禁伸出手来摸摸兔耳。不料就在这时行军的队伍走完，三轮车立刻快速前进。一只兔子就这么硬生生地被我拉着耳朵从网眼给拖了出来。

我一只手提着拼命挣扎的兔子，立刻和同学一路追赶，但毕竟骑的是辆破脚踏车，和三轮车的距离越拉越远。经由路人的帮忙好不容易追上时，我们已经是筋疲力尽了，而三轮车的主人却疑惑地看着我们。

我们不过是抓了一下兔子的耳朵，却引来路人的围观，最后只好莫名其妙地道歉，将兔子归还给主人。在图画或照片中看到的兔子，有雪白的皮毛，圆滚滚的很可爱、很温驯，但实际提在手上却不是那么回事。

兔子颇具重量，反抗的力道很强、动作也很粗鲁，而且想象中十分柔软的皮毛触感却很是粗糙。直到现在我还记得兔子的耳朵有些冰冷，以及当时它居然没有发出任何叫声。

送回兔子，正准备好好喘一口气时，我突然觉得腹部有些不太对劲。因为刚刚手上提着兔子追赶三轮车时，右腹部就有种撕裂的感觉。

躲在电线杆后头检查了一下，果然盲肠手术过后缝合的部位，从中间裂开了约一厘米宽的伤口，并渗出了透明的液体。

我心想糟了，却又不敢跟家人提起。我偷偷背着母亲涂上红药水，提心吊胆地过了两三天后，伤口总算愈合了。

现在只留下一道像是用肉色蜡笔轻轻划过般的伤痕。伤痕中间可以感受到蜡笔划过的力道，就算是对三十五年前的那一天我随意抓兔耳朵的惩罚吧。

提到了耳朵，还曾经发生过这样的事。小学六年级的暑假，我们住在四国的高松。从海水浴场回家后，右耳因为进了海水始终很不舒服。当时我记得在少女杂志的附录上看到可以将豆子放进耳内吸取水分，于是我赶紧到神龛去找，果然找到立春拜神时用的炒豆子，拿起一颗塞进耳里。似乎还真的有效！刚刚拍打头部时，发出的是弹西瓜般的噗通声，豆子塞进去之后才有敲打自己头壳的感觉。

可是这会儿又出现了新的问题，吸饱水分的豆子竟拿不出来了。不管是用牙签戳挖，还是将右耳朝下用力摇晃也都无效。我害怕得整晚睡不着,望着漆黑的天花板,脑海里浮现的净是杰克和豌豆苗不断长大的画面。

　　结果隔天一早还是坦白跟母亲说明原委,便立刻被带到耳鼻喉科,用镊子给取了出来。原本曾将那颗涨得发白的豆子留下来做纪念,但不知何时已散落不见了。

　　樱花凋谢的时节,正是豌豆和蚕豆当季好吃的时候。

　　剥开豆荚,里面总是并列着三颗或四颗的豆子。不管是三颗还是四颗,只要所有豆子都同样大小、没有被虫啃蚀过,我就会有种幸福的感觉。

　　如果末端的那一颗瘦弱干瘪,就像分不到养分的老幺一样时,我的心情就会很悲伤。明知道虽然干瘪还是能吃,却又很想顺手丢弃——看来连剥豆荚这种小事,做起来也很伤神。

　　豆荚一迸开,里面的豆子便四处散落。我们家四个姐弟妹如今各自生活,难得四个人一碰头,自然就会聊到儿时的种种。

　　身体发肤受之父母,

不敢毁伤，孝之始也。

父亲和母亲小心翼翼地呵护着我们长大，但是小孩子却总是出人意外地有了擦伤或身上肿了一块。弟弟的额头被顽皮小鬼用算盘敲出四个盘珠的凹洞、妹妹眼角的伤口在母亲的和服上留下血痕……这些往事除了在记忆之中，早已不留任何痕迹。

隔壁的神明

有生以来第一次定做参加丧事的礼服。

这件事我可不想大声嚷嚷，因为我已经四十八岁了。要是在一般的公司行号上班，像平常人一样结了婚，走在正常的人生道路的话，参加婚丧喜庆的机会自然会增加，到了这种年纪拥有两三套冬季和夏季礼服也就会不足为奇。偏偏不知道哪里出了差池，我就是销不出去，加上从事的是写电视剧本的"不务正业"，遇到婚丧喜庆便随便凑合衣服穿去参加了。

学校一毕业，找到工作时，父亲便交代我说："领了薪水先去买件正式的服装，不管婚丧喜庆都能穿着去。"

年轻时的我居然也偏好黑色衣物，加上皮肤也黑吧，大家都叫我"黑妞"。一年到头总是黑裙子配黑毛衣或黑衬衫。遇到有婚丧喜庆时，对方会特别宽容地说："黑妞，你就直接那样穿来吧。"

于是一有钱我便先买滑雪用的防风外套或是高尔夫球鞋，每年都跟自己说明年一定要做礼服，说着说着二十五年就这样子过去了。

"少女易老衣难制"（原诗句为：少年易老志难成）——这样说应该不成诗句吧。可是每次遇到需要参加丧礼时，我都得煞费心思地翻遍衣橱和抽屉，好找件合适的衣服让自己在守灵夜或葬礼上不要看起来太醒目。我已经受够了。

因此半年前我决定要定做参加丧礼用的套装，没想到在商量过程中，母亲的心脏出了问题。

"我就说吧！"我有点自己吓自己，犹豫着是否该取消订单。那位服装设计师朋友看穿了我的心事，告诉我："别认为是做丧事用的礼服，就当作做一套黑色衣服嘛。我都是这样子跟客人说的。"

虽说这只是职业性的说辞，但我还是很感激朋友细腻的心思，便维持原意继续定做。

还好母亲的病很快便治愈了，做好的礼服也送到我手上。站在镜子前试穿时，心情愉悦的我不禁一阵心惊——

我就像买了长筒雨鞋的小朋友期待雨天快来一样，内心深处竟也有种蠢动，想早点穿这礼服亮相。

我心想：这缺点倒是跟父亲很像。

父亲是个急性子的人，或者应该说是没什么耐心。

买来的东西他立刻就想用,收到的礼物立刻就想一窥究竟。

客人来家里拜访时,送来了礼盒。

父亲已经急着想知道里面包的是什么。表面上他会引领着客人前往客厅,煞有介事地寒暄聊天,但最后一定会找个借口来到起居室看看。我们这群孩子很清楚他的习惯,早就聚集在餐桌前坐好等待。

"不让你们知道人家送什么来,晚上就睡不着觉吧,真是受不了你们这些小鬼!"

他一副不太情愿的模样,但还是吩咐忙着为他换上家居服、打点下酒小菜的母亲:"那就早点让他们看看吧。"

然后,他则是气定神闲地从敷岛烟袋里掏出一支香烟衔在嘴里,悠然地点火。

母亲是个做事细心的人。

就算是洗一把菠菜,也要一根一根地将红色根部的泥沙洗净,并整整齐齐地排列在竹筛上滤水才行。在这种情况下,她也是慢慢地解开礼盒上的绳子,将解下来的绳子对折或在手上捆成一卷,接着从发梢取下一只发夹,简直是折磨人般小心翼翼地拆开包装纸。

对母亲而言,之所以仔细地拆开包装纸,是为了万一要转送人比较方便。但是生性急躁的父亲这时候已经脸暴青筋，盘着的腿也开始打摆晃动了。

　　我们小孩子也曾想过：为什么性格如此迥异的两人会成为夫妻呢？看来我是比较像父亲的，参加婚礼或宴会收到回赠的礼品时，我也是那种按捺不住想知道内容是什么的个性。通常在离开会场的出租车上，车子才发动，我便已经撕开包装纸。有一次立刻将礼品的花瓶捧在手上端详时，发现隔壁同样在等绿灯亮起的车子里，一位中年绅士手上也捧着相同的花瓶在把玩。

　　我心想，这种行为实在太肤浅，暗自发誓下次参加婚礼时，无论如何都得忍耐到回家才拆开礼物。可是好不容易坐车从芝公园的太子饭店忍耐到六本木时，整个人就像是憋尿一样地浑身起鸡皮疙瘩。我想这样对身体有害，还是在途中便拆开了礼物。

　　若是期盼穿新雨鞋或是拆回礼倒还无所谓，但是想穿丧事用的礼服，问题可就大了。因为，想早点穿出去亮相，不就等同期待亲友发生不幸吗？难道我真的那么想展示新衣服？真的那么爱炫耀吗？我不禁感叹女人的业障实在是很难克服的呀。

　　话说回来，关于参加葬礼，还有一件小事让我颇为在意。

　　那就是往生者的亲人——甚至关系很亲密的女性，

总是顶着一头刚从美容院整理过的发型坐成一列，让我一边烧香，一边内心深处多少产生出凄凉之慨。

在我的想象中，实在很难将为死亡感伤的心情和坐在美容院的镜子前让人家上发卷、吹整头发的行为与时间联想在一起。

不过我也没什么资格说别人。

为了参加新内民谣演唱的小型音乐会，我穿了这件衣服赴会，好让自己的心情能够平复。那是个早秋微凉的下雨夜晚，斜飘的细雨沾湿了新做的黑色礼服。

应该是接近岁暮的十二月吧，而且是在早上九点左右。

广播剧前辈作家城悠辅先生打来了电话。这么早就打电话来，我觉得有些奇怪，但城先生平常交游广阔，或许是来邀约我参加什么有趣的聚会，于是我雀跃地打着招呼："近来好吗？"

没想到电话那头传来沉重的语气："津濑宏昨晚过世了。"

因为发生意外而猝逝。

我有种被打了一巴掌的感觉。

津濑先生长我两岁，也是我职场上的前辈。十二三年前，我们曾经在广播节目中共事过一段时期。他做事有男子气概却又不失细腻，十分关照当时还是新人的我。有几次他还请我和制作人到新宿一带小酌一番。

我很欣赏津濑先生笔下的"战时派父亲的世界"。遇到傍晚搭出租车的时候，还曾经要求司机将收音机转到津濑先生所写的"小泽昭一的小泽昭一风格"节目。

四十年来，我以一个女儿的眼光来观察缺点很多的父亲。

而津濑先生却融合了个人的经验，从另一个角度为我描写出为人父亲的角色。

他将为人女儿所无法理解的父亲心情，以一种随意穿插的方式解开了谜底。

自我从广播界跳槽到电视界后，就很少和他见面了。其实心里不时期盼能跟他见面聊天、一起再到新宿的花街酒巷欢聚。问清楚葬礼的日期、挂上电话后，我无法专心工作，只能茫然地呆坐在沙发上。

将新做的礼服收进衣橱时，我还期待，可以的话，第一次穿这衣服参加丧礼的对象最好是寿终正寝的人，而且和我关系不太亲密，纯粹是礼貌性出席的葬礼。

没想到竟然会穿着它去参加如兄长般照顾我的津濑先生的葬礼，不禁有种很抱歉又难过的心情。

隔天就是告别式，那一天也下着雨。

神乐坂的寺庙前，撑着濡湿黑伞和穿着黑色礼服的人们排成连绵的长列。我随着人群依序准备上香，心想津濑先生信的是菩提宗，所以选在这间禅宗的寺庙办丧事，但是寺庙现代化的水泥建筑，却令人感到有些凄凉。禅堂中间六角形的祭坛里传来小泽昭一先生朗诵的祭文。听着祭文，我想起了津濑先生的作品：

　　一个父亲因为太太不在家，必须自己帮小孩换尿布。小孩是个女婴，虽说是自己的亲骨肉，身为父亲还是觉得有些困惑，偏偏又找不到替换的干净尿布。
　　"用袜子嘛太小，
　　用手帕也不够大，
　　拿桌巾来用则又太大了。"

　　这已经是十几年前的广播剧，而且我才听过一次，很奇怪，我对这一段情节依然印象深刻。因为我似乎可以看见笑声爽朗、饮酒豪迈、喜欢一家又一家酒馆接着喝的津濑先生，也有他身为父亲害羞又温柔的一面。
　　我的父亲从来不曾帮我们四姐弟换过尿布。说起来我倒是记得小妹刚出生不久，我还小学三年级时，有一次看见爸爸皱着眉头、用手指夹着肮脏的尿布往浴室去的身影。想来当时父亲事后一定会煞有介事地拼命用肥皂洗手吧。对了，我们家连擦手巾也都是父亲单独一条，和其他人分开使用的。

突然间，寺庙庭院里弥漫着烤鱼的香味，好像是烤竹荚鱼干。都已经过了中午，难怪会发生这种事。但这和庄严肃穆的念经声与祭文朗诵声实在不相称。我心想真是糟糕，却又猛然发觉——津濑先生应该可以接受这些吧。不论是水泥盖的禅寺还是从寺庙隔壁飘散过来的烤竹荚鱼干气味，他都会以他那独特的笑声接纳这一切吧。而且我才发现，原来擅长描写这种突兀情景的人不是我或其他作家，而是津濑先生呀。

祭坛上，津濑先生的照片置于黑色缎带装饰的相框中，神情严肃。站在美丽的未亡人身旁的，肯定就是当年广播剧中拿来当写作范本的女婴，如今已长大成人的他的女儿。

我父亲在六十四岁时因心律不齐而过世。那天他一如往常，下班回家后喝了一杯威士忌、看完摔跤赛转播便上床睡觉。半夜两点左右，几乎是没有痛苦、没有知觉地逝去。等我从工作地点赶回家时，他身上还残留着体温，但已没有气息了。

救护车离去后,我们一家四口围坐在父亲身旁,没有人开口说话,也没有人流泪。弟弟对母亲说:"应该拿块布盖住脸比较好吧。"

妈妈神情恍惚地站起身,拿了块抹布盖在父亲脸上。那是一条印有圆点图案的抹布。我看着母亲的脸,母亲的眼神空洞,对眼前的一切仿佛视若无睹。弟弟默默地从口袋掏出白色手帕将抹布换了下来。

母亲似乎不记得曾有过这回事。在葬礼结束一段时间后,我们提起当时的种种,她神情戚然地表示:"如果你爸还活着,一定会生气。我一定会被揍的。"边笑边说的同时,豆大的泪珠从眼角滴落。

也许小孩子的记忆容易夸大事实,我始终觉得母亲做事比一般人都要细心。但是因为父亲生性暴躁又极唠叨,母亲大概是害怕被骂而紧张,往往在关键时刻偏偏出差错。

有一次过新年,一切都准备得万无一失。正当我们全家团圆要吃年糕汤庆祝时,母亲为了拿什么东西而使用楼梯,结果手上的东西不小心滑落,将贴金箔的屏风给撞破了,开春一大早便被父亲骂得狗血淋头。

将抹布盖在断气的父亲脸上,也是属于这种类型的错误。年轻的时候,我也认为母亲真的是不够机灵,但是到了今天,我才意识到父亲所爱的原来正是母亲这一点。

"你实在够笨的了。"

出口怒骂，甚至动手打人的父亲，其实比谁都清楚：如果没有了母亲，他根本就一筹莫展。

对于从小出生不幸、个性乖僻扭曲、看人不看长处只看缺点的父亲而言，偶尔犯下迷糊小错、会让他大动肝火的母亲，或许正是人生中不可或缺的润滑剂吧。

"只要你爸把气出在我身上，就不会对公司的人发脾气了。"母亲说。

比起太过完美的回忆，多少存在些人性缺点的记忆会更令人怀念。看来弥漫在津濑先生葬礼的烤竹荚鱼干的气味，以及父亲临终时盖在脸上的小圆点图案抹布，都将令我终生难忘。

我住在青山的高级公寓里，隔壁是一间奉祀狐仙的神社。

固然名为"大松稻荷"，乍听之下好像很大，其实不过是间小神社，正门的鸟居牌坊旁，种着一棵营养不良的中号松树。

七年前，我刚搬进该公寓的第一个晚上，心想神社就在隔壁，应该先去打声招呼。当我从路边转进牌坊时，竟然发现在小小神社旁边的办公室外，有一条不知谁忘了收的卫生裤，翻白的颜色在寒风中飘摇着。仔细一看，晒卫生裤的塑料绳就缠在狐仙的尾巴和香油钱柜之间。这么一来，根本就搞不清楚是在拜狐仙还是拜卫生裤了？我觉得很扫兴，将拿出的香油钱又塞回口袋，转身离去。

一开始打了退堂鼓，之后就更难提起兴致前去参拜，于是不禁觉得神明或是佛祖应该离自己住的地方远一些会比较好。

我甚至觉得隔壁就住着神明，所受到的庇佑会比较少，自然就更懒得登门造访了。

然而前不久经过神社时，看见一位中年男子倚靠在牌坊上脱袜子，然后赤着双脚的他又从口袋中掏出包在塑料套里的黑色袜子，拿掉标签后换穿上去。他黑色的西装上别着丧符。最后他将褐色条纹的袜子收进口袋，对着神社一拜后便离去了，看来是要去参加丧礼。

突然间我觉得豁然开朗，抛出一枚十元硬币，低头参拜。参拜隔壁的神明，居然花了我七年的时间。

纪念照

拍照是件困难的工作,但是被拍的人其实更辛苦。

"请笑得自然一点。"

只要人家这么一要求,被拍的人表情就会变得不自然,而在相片上留下僵硬的笑容。忽然间我会很讨厌那个对着照相机谄媚的自己,或者对那扬起嘴角但眼露凶光的神情感到怪异。尤其是一群人拍纪念照时,如何在同一个时间点露出自然的微笑,那才真是困难至极。

我以为这种情形仅限于不常拍照的人,专业的演员并没有这种困扰。但似乎不然,日前我就亲眼目睹了有趣的光景。

十一月份起我开始撰写《圣子宇太郎》的电视剧本。拍摄宣传海报时,我也在一旁观看。主要演员森光子、小林桂树、加藤治子等人配合摄影师的指示,每一次按快门时都露出了愉快的笑容。时间点掌握得十分精确,让站在摄影棚角落的我赞叹不已。看久了,也让我发现诀窍所在,原来是主要演员之一的武田铁矢带头发号施令。

当摄影师指示说："麻烦各位了。"

武田便大喊一声："日暮里。"

所有人便一起笑了。

"再来一张。"

"上野！"

全员哄堂大笑。

"御徒町。"

"莺谷。"

他连续喊着国营电车站的站名，好让大家抓住时机展现笑容。

原来如此，我不禁佩服他想得出这种妙招。招数看起来虽然很简单，但是只凭一声吆喝就可以让所有人同时笑出来的人格特质，恐怕也是万中选一的吧。换作是我，突然大喊"秋叶原"，很可能只会引得大家面面相觑当场愣住，根本无法笑得开怀。

近来拍摄纪念照时，大家都会勾肩搭背，做出自然的表情，但在从前如果露出笑容是会被严厉斥责的。

我手边就有一张小学五年级时，在鹿儿岛平之町的家门口拍的纪念照，全家七人神情严肃地一字排开。

还记得拍照师傅要来的前一天，我们小孩子便会被带去理发。我当天一大早便起床了。其实也没有必要早起，只是因为过于兴奋睡不着。我一遍又一遍地将排好在玄关前的鞋子擦了又擦，动不动就跑去摸摸母亲前一晚为我们准备好的外出服而兴奋不已。两三天前，我的鼻头上长了颗青春痘，尽管拍照的日子已近，却没有好转的迹象，我不时担心地用手去抓，反而让它益发红肿。父亲见我又是用冷水敷，又是愁眉苦脸地照镜子，责骂我："又不是要拍你的鼻子。"

母亲赶紧央求父亲："拜托今天请不要发脾气，你一生气就会影响到孩子们的表情。"

"我什么时候生气了，你在胡说些什么！"语气已经是怒火冲天了。

五岁的妹妹兴奋地跑来跑去，结果从玄关前的石阶上跌下来，擦伤了膝盖而哇哇哭叫。

"我会瞒着你爸爸，请照相师傅将你鼻子上的青春痘修掉。"

我正因母亲的安慰而松了口气时，照相师傅刚好带着助手上门了。

鹿儿岛即使冬天也很暖和，因此我们决定到庭院拍照。先是从客厅搬出两张椅子让父亲和祖母坐着，然后排定父亲的旁边是弟弟，祖母的身边站着我和妹妹，妈妈则是抱着小妹站在后面，完成照片的构图后，我已经觉得整个场景十分好笑。

首先，又不是过新年，好端端的一个大人居然头上盖着外红里黑的布幔，鼻尖冒着汗珠地钻进钻出。这已经很好笑了，而他还高举着一个好像煎蛋用的银色东西。一想到待会儿里面会砰的一响，冒出白色烟雾，我就因强忍着笑意而浑身颤抖。

父亲穿着印有家徽图案的传统裤装，一脸严肃地整理鼻下的胡髭。祖母从袖口取出草纸大声地擤鼻涕。

不知道是否以前的人都如此，还是只有我们家的人这么做——擤过一次鼻涕的草纸绝对不会丢掉，而是收回衣袖里，等风干之后再度拿出来折叠使用。

一向爱笑的弟弟终于忍不住大笑了。

"男孩子不可以乱笑，混账东西！"

父亲才骂完，镁光灯便闪了，我们家的混乱景象也终于告一段落。然而如今审视这张泛黄的相片，却发现照片中穿着金色纽扣制服和黑色长筒靴的弟弟握紧了小拳头，强忍着浑身的笑意。更仔细地端详，似乎从七个家人的身后可以看见原本不是拍摄背景的樱岛影像。因为我好像闻到了茂密生长在后山上，刮大风的日子会吹落、并敲打我们家遮雨板的橘子和枇杷的香气。

二次大战结束后不久，我从实践女子专科学校国语科毕业。在那些毕业纪念照之中，有一张显得很奇怪。

拍的是我一个人站在校门口，但是脚边有一张十元的钞票。就像币制改革时美军印制的补给券一样，抓两把也只够看场电影的币值。那张钞票不知道是什么原因掉在那里，总之穿着传统裤装、手拿毕业证书的我明显地斜着眼瞪着脚边那张发皱的钞票。不见庆祝毕业的喜悦和严肃的心情，反而更在乎那张十元纸币的存在，看来在人生的起点上早已显露出我志向不高的本性了。

我还听过在结婚典礼后所有亲戚朋友合拍纪念照时，居然夹杂了一个毫无关系的陌生人在里面。那是发生在朋友女儿的婚礼上，一名形容猥琐的老先生抬头挺胸地站在最后一排的正中央。男女双方都以为他是对方的亲友，结果不管问谁都说不认识他。

"会不会跟新郎新娘的过去有什么关系呢？比方说是人家的私生子……"我满心好奇地胡乱猜测，但是男女双方可都是出自品行端正、书香门第的清白世家，打灯笼找也找不出任何的一丝丑闻。

结果只能当作那个老先生参加其他人的婚礼，却在拍纪念照时搞错了，硬是凑上了一脚吧。

或许你会说不可能，但我倒想起二十年前发生在外祖父身上的一段往事。

外祖父是木匠师傅，继承了上州屋的名号，在战前曾经有过一段好光景。后来因为帮人作保失败，从我懂事以来，他就是在麻布市兵卫町开家小店面，偶尔接些餐厅的装潢、桌椅等零星工作过活的。

他曾是麻布三联队的士兵，听他讲起在旅顺突击时受伤的故事，总是百听不厌。平常不太爱说话，个性又很顽固的他，一旦模仿熄灯号的声音，说起"新兵真是可怜呀，晚上常常哭着睡去"，或是提起全盛时期在辰野隆先生的父亲今吾博士的带领下承揽旧东京车站的木作工程时，他就像是变了一个人似的眼睛发亮。他最爱听志生说的相声，两人的面貌也有些相似。曾经有一段时间，我寄住在外祖父家，刚好听说志生将在《每日新闻》的大会厅表演，我赶紧买了票送给外祖父。

到了那一天，外祖父很早便洗好澡，在腰间缠了一包爱吃的甘纳豆便出门了。当时的东京到处都还是战火过后的废墟。

深夜，外祖父回来了，一句话也不说。固然他生性沉默，却仍保有以前工匠的特质，就算吃了人家一颗烤番薯，也会拿下围在脖子上的毛巾，规规矩矩地行礼致谢。

我有些担心地问他:"怎么了?"

"那种东西我听不懂啦。"说完,他转过头去,自顾自地吸起了香烟。

"是志生说了新的相声吗?"我再一次询问。

"志生根本就没出来。"

听起来不太对劲,再三逼问下,才知道外祖父好像是跑到《读卖新闻》的大会厅,听了一场小提琴独奏会。因为他在有乐町迷了路,拿出入场券问路人时,对方将《每日新闻》和《读卖新闻》的大会厅给搞错了。

"那个留着长头发的年轻女人,演奏的表情好像要为父母报仇一样。演奏时他们又不让我中场离开。"

外祖父还不敢拿甘纳豆出来吃,在里面足足忍了两个多小时。听他的形容,演奏者应该是岩本真理女士。事实上日前有个杂志的采访工作,让我有机会和岩本女士见面。我本来想跟她提起这段三十年前的往事,但是一看到她秀丽端庄的神情,实在没有勇气说出如此荒唐的糗事,便告辞回家了。

不论是拍错了纪念照或是弄错了表演厅,似乎都只会发生在老年人身上,年轻人还不至于如此糊涂。

话说回来,我的外祖父名字叫冈野梅三,遗憾的是我们从来都没有合拍过照片。

　　小学五年级的时候，我从鹿儿岛转学到四国的高松。

　　父亲的工作常需调职，我们光是小学就转学了四次，从小便很习惯迁徙旅居的生活。那一天听从父母的吩咐，跟同学以及办公室的老师们告别，正准备回家时，班导师叫住了我，说是有事找我，要我待会儿再走。

　　K老师是刚从师范学校毕业的男老师。

　　他是种子岛人，面貌白皙英俊，天生有种理想家的性格，就连习于挑剔别人的父亲也很称赞他。我独自坐在空无一人的教室里等待。

　　耸立在校园中央的两棵大樟树，今天将是最后一次看到了。工友忙着拔除奉安殿前的杂草。

　　K老师走进教室。

　　他身上穿着不太合身的西装，我突然想到这应该是跟他的好朋友U老师借的吧。"我们拍张纪念照吧。"老师说完带头走在前面，我稍微落后地跟着他走出了校门。

　　"走路要距离老师身后三步，不能践踏到老师的影子"，这种说法可是千真万确。我自然也是遵照规定行事。

我们走进镇上的小照相馆，并肩站着拍照。在镁光灯闪烁之前，老师突然将他的手放在我的肩膀上。

刹那间，我觉得肩膀像是被熨斗烫过一般温热。照相师傅身上覆盖的黑色布幔、从煎蛋器般的银色机械里冒出的白色闪光——这些过去总令我发噱的东西，这会儿都变得不再可笑了。

十二岁的我是个皮肤黝黑、身材纤瘦、眼睛很大的女孩子。因为肩膀被K老师环抱着而露出困惑的表情，就像小孩子第一次喝醉酒般。这是我有生以来头一回跟家人以外的男性合照。

之后我和K老师失去了联络，直到日前的重逢，中间相隔了三十年。因为曾听说种子岛出生的男子都被征调到冲绳且多半阵亡，因而当昔日的同学通知我这个费尽千辛万苦得到的消息时，我惊讶得难以置信。

从鹿儿岛小学校长一职退休后，老师目前仍从事和教育相关的工作。日前他来探视远嫁到东京的女儿，给了我们重聚的机缘。

当我登门造访位于郊区外的小区时，一名长相酷似年轻时K老师的少妇抱着婴儿开门前来迎接。

K老师用了大半天的时间向我诉说将近四十名学

生的概况，其中有些同学因为空袭而去世了。当年满头青丝的老师已经白发苍苍了，不变的是略带鹿儿岛腔的乡音和声音，让我不由得想起了三十年前鹿儿岛的镇上风光——

学校旁边那间名叫"枝元"的酱油批发店。

镇民俗称"野上宅"的豪华洋房、热闹的天文馆街道和幽静的圣弗朗西斯教堂。

我的皮包里放着一台小型相机，因为我想拍一张K老师的照片好带回去给怀念居住在鹿儿岛时光的母亲回味。

然而老师或许是忘记了吧，始终没有提到三十年前和我一起拍纪念照的往事。我吃着老师招待的寿司，和老师的小孙子玩耍，直到傍晚才起身告辞而去。

大概是没有拍照的关系，那台相机使得回程的皮包沉重了许多。

行礼

装设电话录音机已经有十年了。

近年来这种机器已经十分普及,所以比较少接到打错的电话,但刚装好的时候倒也因此带给我不少乐趣。

"这里是某某咖啡厅,请马上送两公斤摩卡和一公斤蓝山来!"

"喂,某某说她一定要离家出走,所以——咦,怎么了?喂喂?听不见吗?喂……呼呼(对着话筒吹气声),真是怪了……嗯……今天的天气是晴天。"

这还算是好的,有些人则是破口大骂:"开什么玩笑嘛!"

也有人质疑"找不到躲债的借口,故意装女人的声音骗人家不在,是什么意思嘛!"甚至威胁今天之内要凑齐三十万,不然就给我好看。当然这些打错的电话跟我毫无瓜葛,而且我在一开始的留言上也报了姓名,说明目前有事外出,在我留言之后的一分钟内请留下联络事宜,不知道为什么还是会发生这些事。

有些人一分钟的留言时间不够用，必须再打一次录制续集，其中最有意思的莫过于黑柳彻子小姐。①

"向田女士吗？我是黑柳。"她好像一开始不这么说便接不下去。迅速说完开场白后，她便滔滔不绝地说明："这是第一次对着机器说话，实在不知道怎么说，说得很有感情也不对，像报新闻一样也很奇怪，真是不晓得该怎么办才好……"就这样，一分钟的时间便到了。

接着她又打电话进来。

"向田女士吗？我是黑柳。"

同样的开场白，然后接续刚刚的话题。"一分钟真是快呀。别人怎么有办法在一分钟内说清楚呢，大家的头脑真是好呀，我就没办法了……"说着说着一分钟又结束了。

接着她又开始："向田女士吗？我是黑柳。我现在是从NHK摄影棚的副控室打电话给你的。因为大家只听见我一个人对着话筒拼命说话，都神情怪异地看着我，以为我发疯了……"说明情况之际时间又到了。

---

① 黑柳彻子（1933— ），日本知名女艺人，同时亦以联合国亲善大使的身份从事各种活动。畅销书《窗边的小豆豆》为其作品。

就这样,她口若悬河地连续打了九通电话来,最后竟然还说:"关于要说的事我们见面再谈。"连续拨放来听就成了逗人发笑的九分钟个人脱口秀。

我心想独乐乐不如众乐乐,虽然没有取得表演者的同意,凡是到我家来商谈事情的制作人或客人都能欣赏到这出余兴节目。直到目前还没有人能打破黑柳彻子小姐一人连续留下九通电话留言的纪录。

到目前为止接到语气最冷淡的电话,应该要算父亲打来的吧。

"嗯……"不知为什么他总是先发出一声低吟,粗声报上自己的姓名:"我是向田敏雄。"然后咬牙切齿般地怒吼:"赶紧打电话到公司给我,我的电话号码是××……××××。"

我还以为哪里惹他生气了,打过去一问不过是有人送他能剧的招待券,要我去拿之类的小事情。父亲在八年前过世了,这是我唯一一次听见他在电话录音机里的声音。

母亲近来比较习惯留言了,刚装好录音机的时候,她的表现极具有个性。

"我是妈妈,喔……你不在呀。"口吻显然有些生气。

"不在家就算了,跟机器说话也没什么意思,我要挂电话了。"听到她的语气仿佛就能看见她不满的表情。

十年来接到的电话留言不乏特殊的内容，其中我最喜欢的是来自某个应该是中年妇女的声音。

"我想我应该不需要报上姓名。"声音优雅而稳重，语气带着谦虚与惶恐，"看来我打错电话了。我不知道像这种情形到底该怎么做才好……"

她轻声叹了一口气，说："我还是挂上电话吧，真是不好意思。"

最后是一声轻柔的挂电话声。

这就是所谓的教养吧，我脑海中不断揣想着话筒另一端的她会是什么模样、穿着怎样的服饰、生活在怎样的家庭里……肯定是个谦恭有礼的人。

大约半年前，母亲的心脏有些不太对劲。说是突发性脉搏急速跳动，一时之间会增加到两百下以上。虽然不至于有生命危险，但是母亲和我们都感到不安，决定住院检查。这年除夕就满七十岁的母亲身体一向很健康，除了生产坐月子之外很少躺在床上休息。这是她有生以来第一次住院，尽管医生说只要一个月就能出院，不必担心，她似乎还是做好了赴死的心理准备。

刚住院的两三天，简直就是人仰马翻。一到晚上她便抓着一把十圆硬币到走廊上打公共电话，报告今天一天的检查过程。

她所说的不外乎一天三餐不用张罗、生活很悠闲；菜色都顾虑到老年人的喜好和营养、护士小姐都很细心照顾……活灵活现得就像是电视记者的报道，有种强自为自己打气加油的意味。

不过从第三天起，报告的内容便急转而下，时间也跟着缩短。第四天以后便连电话也懒得打来了。

好不容易将手边的工作完成一个段落，一个星期后我去探病时，坐在床上的母亲很明显地脸蛋瘦了一圈。这一天刚好远嫁外地的妹妹也回来了，难得我们四姐弟能齐聚一堂，然而离开时分却变得有些尴尬。

我偷偷瞄了一下弟弟的手表，正在犹豫该不该提出"时间差不多了……"，母亲竟然抢先说出："我也该躺下来休息了。"

母亲语气开朗地说完后站了起来，一一将亲友探望她时送的鲜花、水果分配给我们。几经推让，结果我们手上捧着比来时更丰盛的战利品被赶了回去。

"有的病患没有人来探望，你们这样一大群一起来，妈妈觉得很不好意思，下次不要再来了。"身材最为娇小的她边说边在前面带路。

"真的，你们不要再来了。"再三叮咛之后将我们送进了电梯里面，就在电梯门即将关上之际，母亲像是外人一样，以从来没有听过的语调鞠躬道谢说："谢谢你们。"简直跟站在百货公司一楼电梯口的电梯小姐没有两样。

医院的大型电梯足以容纳病床进入，电梯门从两边缓缓阖上。母亲身上披着妹妹亲手织的褐色披肩，一头白发鞠着躬，身型显得益发瘦小。我好不容易勉强按捺住想按下开门钮、只为了多跟她说说话的冲动。

我们四姐弟沉默不语地从七楼来到一楼，终于弟弟还是忍不住嘟囔一声："真是受不了。"

小妹也说："每次都是这样。"

小妹每天去照顾母亲，弟弟则约三天来探望一次。每一次母亲都亲自送到电梯口并鞠躬致意，而且"随着人数的多寡，鞠躬的角度也不同"，弟弟说。

"今天我们都到齐了，应该算是最慎重的一次吧。"

我们笑说"妈妈就是这样子"，一起往停车场走去，一路上大家都不敢让彼此看见自己含泪的表情。

受到母亲这么正式的行礼如仪，那是第二次。

两年前，我出钱让妹妹陪着妈妈到香港去一次六天五夜的旅行。

尽管她嘴里念着"你们死去的爸爸会不高兴的""这样有损阴德"，但是她本性喜欢接触新鲜事，年事虽高好奇心则不减。因此我不怕撕破脸地硬是将她送出门，因为我知道她肯定会尽兴而归的。

妹妹和母亲在机场接受手提行李检查时，我在后面隔着透明压克力墙看着她们在海关人员面前打开手提包。

"有没有携带刀子等危险物品呢？"海关人员制式性地询问。我也预期她们的答案是"没有"。不料母亲竟理直气壮地回答："我带了。"

我和妹妹都愣住了。

母亲取出一把大型洋裁剪刀。

我不禁大声斥责："妈，你带那种东西出来干什么呀？"

母亲无惧于我和海关人员的存在，回答："我只是想，出门一个星期，指甲会长长嘛。"

海关人员笑着说："好的，请收起来。"

我到了里面的候机楼还在责怪母亲："为什么不带指甲刀呢？"

"我临出门才想到的嘛，一时间又没空去找指甲刀。"母亲解释之后还加了一句，"要是你爸还活着，一定会骂我的。"看来她是真的很沮丧。

我突然觉得很不忍心，悄悄地起身到花店买了一朵洋兰胸花，还将价格从三千日元杀价成两千五。将胸花送给母亲时，她反而大发雷霆。"我又不是什么大人物，你干吗要这样乱花钱呢！"

母亲坚持要我将胸花退掉，于是我们母女又起了争执。还是妹妹看不过去，出面打圆场劝她说："一辈子就这么一次嘛，有什么关系呢？"

母亲这才高高兴兴地别在胸前，这时也传来通知登机的广播声。跟着队伍走向登机口时，母亲猛然停下脚步，转身面对着我。我还以为她要挥手道别，很自然便举起了右手，结果母亲深深地一鞠躬，害得我也跟着一边挥手一边行礼，好像天皇陛下一样。

我买了入场券到阳台外送机。虽然是冬季，那天却是个日暖晴好的天气，万里无云的晴空中起起落落的飞机反射出闪亮的银光。

看着母亲搭乘的飞机缓缓地滑行，并改变了方向，突然间胸口像是被箍紧了一样，我一心祈祷："但愿飞机不要坠落，如果一定要坠机的话，也请在回程的时候。"

飞机停止攀升，开始在高空中回旋，我知道已经没事了，不知为什么泪水竟然夺眶而出。心里一边笑自己，母亲不过是到香港旅游罢了，同时又想到刚刚发生的洋裁剪刀和洋兰胸花事件，于是整个人就像阴阳雨一样地站在那儿又哭又笑，止不住泪如泉涌。

祖母过世是在战事转为激烈之前，所以应该是三十五年前。当年我是女子中学的二年级生。

守灵的夜晚，大门口突然传来一阵骚动声，有人大喊："社长来上香了。"

坐在祖母棺木旁的父亲几乎是踢开一旁的吊唁宾客往门口飞奔过去，然后趴在地板上对着一位中年男子行礼如仪。

与其说是行礼，其实应该说是跪拜。在那个时代，石油已经受到管制，一般老百姓是不可能使用汽车的。父亲在那间隶属于财阀的大公司里担任一介小小课长，当然也没料到贵为社长会在员工家属的守灵夜出现，所以才会那么惊惶失措。那也是我头一次看到父亲那么谦卑的态度。

从我懂事以来，父亲的形象就是充满了威严。他是那种对家人甚至连对自己的母亲也会高声叱责的人。加上后来担任分公司经理的职位，我只看过父亲高高坐在有墙柱可靠的上位，压根儿都没想到他会如此谦卑地对人行礼。

我一向都很厌恶父亲暴君般的作为。

他从来没买过戒指送给母亲，凭什么自己却能穿着浆洗得笔挺的亚麻西装上班呢？凭什么一有部下来家里，就得大费周章地要大家帮忙招待呢？即使我们姐弟出麻疹或患了百日咳，他也毫不在意地照常上班，好维持他从不迟到旷职的纪录。

看来这就是他以高小毕业的同等学历,不靠任何背景从小弟干起,赢得公司破天荒晋升的原因吧。我曾有段时间和过世的祖母住同一间房,可是我已经不记得参加祖母葬礼时的任何悲痛,只留下父亲谦卑行礼的影像。原来在我们看不见的地方,父亲是以这种姿态在战斗!于是对于父亲的晚餐总比我们多一道菜、保险业绩不尽理想的结算日几乎是迁怒般地揍人行为……我已经能够谅解了。

直到今天,只要想起那一夜父亲的模样,我的胸口便一阵激动。

至少母亲还曾经对我们姐弟鞠躬行礼过,而父亲则是在六十四岁时因为心律不齐猝逝,所以根本没有机会跟儿女低过头。晚年的他态度多少比较缓和了,但临终前还是凡事大呼小叫,让我们对他始终感到敬畏。

看见父母鞠躬行礼,是种十分复杂的感受。

不知道是不好意思还是困惑,总觉得有些奇怪、有些悲哀,却又有些令人生气。

尽管我明白对着自己养育长大的子女鞠躬行礼,正意味着人会变老的事实,但是身为子女,依然感到无比悲伤。

孩子们的夜晚

就在前些日子吧,一个和基督教相关的出版社来电,邀我就"爱"的主题写一篇短文。

我平常几乎是不信神的,而且认为"爱"这个字根本就是外来语,既不熟悉,说出口还会觉得颇难为情,因此加以拒绝。然而电话那头的修女,轻柔的说话语调仿佛美丽的天籁,等我回过神来发现自己已经答应了对方。

挂上电话,我慵懒地躺在地毯上,双手自然地贴着身体,放松全身的力量,然后用力吸气,边将双手往上抬,越过头部触碰到地毯。这是女性杂志所教的偏方,连续做十次可以放松肌肉、消除疲劳。每当我写剧本想不出台词时,就会试着做做看。

明知道自己拉长了身子像晒鱼干似的思考"爱"的主题显得很不庄重,但是我还是悠闲地在夏日凉爽的傍晚一边伸展着身体,一边回想第一次感觉到爱的存在是什么时候。想着想着,自然有种幸福愉悦的感受,好像沉浸在神的恩宠之中一般,回过神来才发现自己早已打了一个多钟头的盹了。

　　睁开眼,周遭一片微暗,暮色已悄悄来临。午睡后仰望着家里的天花板,张贴着整片灰蒙蒙的壁纸,实在很煞风景。小时候看到的天花板才不是这个样子,上面有木头的纹路、节眼,在暗夜的灯光下看起来就像是动物或妖怪的形影。于是乎童年夜晚的点点滴滴,就如同抽动记忆的思绪般,一个接着一个浮现脑海。

　　小时候常在半夜被叫起床。

　　因为父亲参加晚宴夜归,带了剩菜回来。由于当时的小妹还是婴儿,所以总是由我带头,三姐弟穿着睡衣、身上披件毛衣或铺棉外挂来到客厅。一脸通红的父亲坐在餐桌前迫不及待地宣布:"今天让保雄先选好了。"

　　有时他也会讨好长女的我,"上次是保雄先选的,今天晚上该轮到邦子了。"并用小碟子帮我们分配食物。父亲带回来的大都是些晚宴时没人动过的小菜、冷盘,如今回想起来都是些相当丰盛的美馔。

　　连头带尾巴的鲷鱼放在盘中央,周围排列着鱼板、甜糕、干烧明虾,甚至还有绿色的羊羹。我虽然受不了父亲一身的酒臭味,但是平常爱骂人的他像变了一个人似的招呼我们"赶快吃",而且又能将爱吃的东西一个个往嘴里送，感觉还真不错。只不过我们实在太困了，尤其是素有"睡觉大王"之称的弟弟竟然是闭着眼，光嘴巴在动。祖母怕父亲听见，在一旁轻声地对母亲说："真是可怜呀，赶紧让他们去睡觉吧。"

母亲一边瞅着哼着歌高兴地看着我们吃东西的父亲，一边阻止祖母继续说下去。

后来，弟弟那颗比别人大上一倍的福助玩偶头到底还是撑不住了，向前倾而打翻了自己的碟子。终于父亲也看不过去，才说："好了好了，你们去睡吧。"

我还记得被祖母抱在怀里的弟弟手上依然紧紧抓着筷子，害得母亲用力一根一根地扳开他的手指才拿得出来。其实最想睡的人应该是父亲，他常常靠在餐桌上或枕在手臂上看着孩子们的吃相，不到十五或二十分钟便醉意泛起，发出如雷的鼾声睡着了。

"好了，你们的爸爸总算睡着了。"祖母和母亲也松了一口气，将半睡半醒的孩子们带回各自的房间就寝。

由于前晚神志不清，往往隔天一早起床看见留置在餐桌上的剩菜时，不禁怀疑自己昨晚是否真的享用过了。排行老二的妹妹就经常哭诉："人家没有吃到！"

有天早上，看见庭院里散落一地的剩菜。

原来又是爸爸半夜带着剩菜回家,大声嚷嚷"叫孩子们起来吃"。当时时值夏天,母亲劝阻着"怕他们吃了会拉肚子",结果父亲就将剩菜扔到庭院,说:"是吗?那就不要吃好了!"

晒干变黑的鲔鱼生鱼片、黏在草地和石头上的煎蛋卷,上面沾满了苍蝇。或许是故意要让父亲看见吧,母亲打算等父亲上班后才清理。父亲则是拿着报纸遮住了脸,表情痛苦地吃着解酒药。

孩子们半夜被叫起床并非只是为了吃晚宴剩菜,有时可能是为了一顶紫色的呢帽、黑猫形状的天鹅绒包包或是童话书、羽毛球拍等礼物。我印象还很深刻,好几次,父亲拿着布料朝着我穿着睡衣的肩上比划,问我:"怎么样,喜欢吧?"

这种时候,我们小孩子的装扮肯定都是肚子上面围着毛线织的腹带。

三姐弟一字排开恭恭敬敬地对父亲鞠躬行礼,说:"爸爸,我们先去睡了。"这光景看在旁人眼里一定觉得很可笑,简直就像是小无赖对流氓老大的礼敬仪式。随着年纪渐长,我开始觉得穿腹带令人感到难为情,还好因为父亲调职,我和父母分开居住才免除了这种装扮。

比起一般小孩,我似乎很容易惊醒,常常在半夜里发现大人们在吃东西。起床上厕所时随手拉开客厅的纸门，刚刚明明才闻到烤年糕的味道，眼前却看见父亲摊开书本、母亲和祖母在缝制衣物，桌子上只有茶杯而已。

似乎以前的父母都会说，像香蕉、水蜜桃、西瓜这类水果小孩子吃了会拉肚子，而要等到孩子们睡了才享用。我稍微长大后才发现这件事。

因为，妈妈让我吃了一口香蕉，并说："不要让保雄和迪子知道。"仅仅只有一口。然后她又叮咛说："吃了香蕉不可以喝水哟。"

我很高兴，有种被当成大人对待的感觉。结果隔天一早忍不住向妹妹和弟弟炫耀昨晚的事，而被祖母骂了一顿。

"小绵绵"……

这名词好像只有我们家里的人知道，其实就是棉袍睡衣。

母亲是个手巧的人，会帮我们小孩缝制棉袍睡衣，并加上黑绒的领子。不知道为什么，从小我就叫它"小绵绵"，于是这也就成了我们家里惯用的称呼。直到我长大成人后，还以为这个说法是全日本通用的正式名称，等知道真相时已经出了大糗。

"小绵绵"睡袍的图案是什么我已不复记忆，却记得最喜欢的棉被花样——深红的底色上布满了黄色、白色、紫色的烟火图案。

有一天晚上，家里来了客人过夜。

由于待客用的寝具不够用，于是母亲拿了一条霉臭的旧毯子跟我换我最喜欢的烟火图案棉被，"就这一个晚上，你将就用一下吧。"

接下来的情节是我听来的。隔天早晨在餐桌上，一位客人称赞说："府上的小孩真有教养。"

听说半夜里，客人房的纸门突然被拉开，仔细一看，排行老大的千金——也就是我，跪在门口，毕恭毕敬地行礼后走进去，说了声"失礼了"，便拖着那条烟火图案的棉被走了。父亲和母亲连忙低头道歉，而且事后还立刻追加订制了客用寝具。

儿时夜晚的记忆，还伴随着汤婆子的味道。

一到冬天，基于容易感冒的理由，我们家的孩子总是两天才洗一次澡。没有洗澡的那一天，晚上就会使用汤婆子。吃过晚饭，探头往厨房里一看，祖母已经开始将热水从墨绿色的茶壶往汤婆子里灌。旋紧有把手的开关后，就会听见如蚯蚓般嘶嘶鸣叫的水汽声。然后她用旧浴巾将汤婆子包起来，外面再用绳子小心地绑好，说是怕小孩子碰到烫伤了。

汤婆子到隔天早上还是温热的。我们各自拿着自己的汤婆子到浴室，让祖母帮忙旋开，好用里面的温水洗脸。温水里有种日晒过后的金属气味。有时候白色珐琅的脸盆里还会沉淀黑色的细沙。

为了不沾湿衣袖和胸口，我得提起脚跟洗脸。这时会听见厨房传来刨柴鱼的声音。昨天晚上用来烧热水装汤婆子的墨绿色茶壶，依然在厨房的火炉上冒着水蒸气，烧热水是为了让父亲刮胡子和洗脸用。父亲才不用汤婆子里的温水，不管什么事情他总是要跟别人不一样。父亲汤婆子里的温水会倒在脸盆或水桶里，让妈妈用来洗衣服或清洁家里。

二次大战之前的夜晚似乎比较宁静。

或许是因为当时家庭娱乐顶多就是收听广播节目，所以一到夜里家家户户便陷入宁静之中。

小时候，躺进被窝之后总还能听见最后洗澡的母亲使用水瓢的声音、父亲的鼾声或是祖母打开佛龛的倾轧声、唱诵经文的声音。记忆中还包含了后山的风声、走廊上的脚步声、家里不知哪里的木头发出的嘎吱声、老鼠在天花板上的喧闹声……都能在同一时间里听闻。连蚊子飞来飞去的声音，也都听得一清二楚。

据说在黑暗之中，人们对于味道和声音的知觉会更加敏锐。或许就是这样的关系吧，我总觉得能听到各种的声音。

其中最令我难忘的是削铅笔的声音。

半夜起床上厕所，经过走廊时听见了熟悉的声音。往客厅探头一望，看见母亲将我和弟弟的铅笔盒放在餐桌上，在为我们削铅笔。

她将父亲公司不用的保单反面，放在木制的六角形锅垫上，专心地削着铅笔。用的刀片是父亲不用的银色长方形裁纸刀，轻薄精巧的造型，在今日看来也很漂亮。尽管薪水不高，父亲对于自己的日常用品却很讲究，之后我再也不曾看到过同一款式的刀子了，或许当初他买的是舶来品。

隔天早晨到学校上第一堂课时，打开红色皮革、内衬红色绒布的铅笔盒，就能看见削得整齐漂亮的铅笔依长短排列其中。那个时代已经有削铅笔机了，我们的房间里也有一台，但我们还是喜欢用母亲帮我们削的铅笔。因为笔尖滑顺，比较好写。在我们姐弟小学毕业之前，母亲每天都帮我们削铅笔，从不间断。

母亲大概是一边等着因应酬或开会迟归的父亲，一边为孩子们削铅笔的吧。冬夜里，有时火盆里的铁壶会冒热气，发出糖煮金柑的香味，那是祖母煮的治咳嗽药。夏夜，身旁则摆着蚊香，细细地飘出一缕轻烟。或许是因为白天忙做家事累了，偶尔也会看见母亲手上还拿着刀片，趴在餐桌前休息。

对于小孩子而言，夜里的走廊阴暗，感觉有些恐怖，厕所更是可怕的地方。但是只要听见母亲削铅笔的声音，不知道为什么心头自然能平静。安心地上完厕所后，在回房间前顺道探头瞄一下母亲的身影，然后钻回被窝继续做未完成的梦。

我试图探索记忆中的爱，眼前却浮现童年硬被叫下床吃宴会剩菜的画面和父亲的身影。父亲为了应酬喝酒，或许已经喝醉了，满脸通红、前摇后晃地回家。尽管母亲和祖母在一旁皱着眉头，他还是高高兴兴地为孩子们夹寿司、分配食物。

还有晨光中散落在草地上沾满了黑色苍蝇的鲔鱼生鱼片和煎蛋卷、深夜在走廊上听见母亲削铅笔的声音……当我嘴里提到"小绵绵"时，这些光景便再度浮现在我的脑海里。

我们姐弟每晚都裹着它睡觉，有了它才让我们一夜好眠直到天明。

但是我如何能将如此琐碎无谓的小事刊登在基督教刊物上呢？何况内容也不够丰富。所以我决定还是下次浮现有关爱的回忆再说吧。

细长的海

最近,我的小钱包夹口"罢工"了。

或许是我的怪癖,一如鞋带或腰带我总是要绑到最紧,钱包夹口如果不能清脆地发出"啪"的一声,感觉上进进出出的金钱便不能控管好,心头就是不舒服。于是上银座时,顺便到百货公司的皮包卖场逛了一下,东挑西选了一番,正准备空手而返时,拿起了放在角落的那个圆形红色钱包,突然间脑海中闪过了一个画面。那是几十年前,某个早已遗忘的海边光景。因为当时我们住在四国的高松,所以应该是三十五年前的往事了。当时我是个小学六年级的学生。

我和一位女同学走在堤防上,两人刚游完泳回来,头发是湿的,海风吹得皮肤有些干涩,有一种游完泳后小睡一番的舒畅感。因为泳技进步一些了,我的心情很好,边走还像玩沙包般地向上抛掷着手中的红色小钱包。

迎面走来两名水手。当时高松有个叫"筑港"的码头,或许在战时有军舰停靠在那儿。两名水手望着堤防边垂钓的人们，慢慢地朝我们这里走过来。

小学三年级的时候，我曾在校内表演活动时跳过"海鸥水手"的舞蹈。我第一次这么近地看到真人水手，自然心跳得很厉害。结果就在四个人擦身而过时，走在前面的水手突然伸出手来，一把抓住我抛掷在半空中的钱包。

女同学睁大了眼睛看着我，我想她吃惊的表情跟我是一模一样的。当时的军人代表一种绝对权威的存在，被水手一把抓住钱包，就相当于被警察当成小偷看待一样。

记忆到此便断了线，但我还留存继续使用那个红色钱包的印象，大概事后水手表示"只是开个玩笑"而将钱包还给了我吧。回忆中的画面定格在一个双腿瘦长的女孩，被擦身而过的水手一把抢去红色小钱包后，一副呆若木鸡的傻样。那一天，濑户内海难得起风了，海浪拍击堤防的左侧，发出阵阵的浪涛声。

常记在心底的海水浴场是鹿儿岛的天保山。

四十年前乡下地方的海水浴场其实很简陋，不过就是有着用苇棚围起来的更衣室和撑着黑色遮阳伞卖弹珠汽水、水煮蛋的小店而已。

每到星期日，我们就会从鹿儿岛市的家里到海水浴场来。带队的人通常是祖母，我和弟弟戏水的时候，她撑着洋伞坐在沙滩上，随时看着母亲借给她的手表，每隔十分钟便挥挥手帕让我们知道时间。

因为在前一年我生了场大病，医生交代：到海边游泳时，必须浸泡十分钟后离开海水十分钟。

我的内裤在天保山海水浴场的更衣室被偷了。那时候什么东西都是自制的，我的"灯笼内裤"也是母亲用白色棉布亲手缝的。对华战争虽然已经开打了，但还不至于到衣料匮乏的地步，所以我不懂为什么一件小孩子的，而且是手缝的内裤会失窃呢？总之我上上下下翻遍了整个置物篮，就是找不到。

从天保山到位于市区的家里必须搭乘巴士才行。祖母看不过去我一脸委屈的神情，要求当时读小学一年级的弟弟，"把你的内裤借给姐姐，反正你直接穿上外裤就可以了"。

弟弟平常动作都慢吞吞的，只有那一天很快便收拾好东西，一边用手紧抓着裤头，闷不吭声地凝望着大海。

我只好紧紧抓着裙摆搭乘巴士回家。那一天在晚餐桌上，母亲跟正在喝啤酒的父亲报告此事。

"混账东西！"父亲猛然大叱一声。

"两个人都不对。保雄不是男孩子吗？为什么不将内裤借给姐姐呢？真是丢我们男人的脸。"

弟弟泪眼婆娑地瞪着我。

"邦子也不对，既然是这么重要的东西，下次就穿着去游泳！"

发生这种事已经够难堪了，还要被一再重提。而父亲的说法却又让我觉得莫名其妙，搞得我更加不高兴。

祖母赶紧出面打圆场："好啦好啦，下次两个人脱下来的衣物我都背在身上保管。"这说法简直是在取笑人，我听了更生气。一向爱笑的母亲，强忍着笑意帮父亲斟啤酒，她的样子也让我火冒三丈。我嘴里说着"吃饱了"，回到房间后泪水止不住地泛流。我担心流泪的样子被父亲看到又要讨骂，便偷偷躲进了厕所。刚擦干了泪水，父亲竟走进了隔壁的厕所。从前的厕所一进门便是男生的便斗，接着左推、右推或拉门之后的才是女用厕所。

自己正在上厕所时，父亲也隔着一块门板在方便，那种感觉不太好，我只好极力屏住呼吸不让他发现我在里面。

大概是喝了啤酒的关系，父亲方便的水势浩大，其中还夹杂着笑声。父亲不停地大笑着。尽管刚刚在餐桌上高声怒斥，父亲也觉得这件事很好笑吧。我不禁感到我的父亲实在是很奇妙的人。

我曾经在游泳时和朋友不期而遇。

那是在镰仓材木座的外海，说是外海，其实不过只是离海岸约一百米的距离，但毕竟很难得会在这种地方碰到熟人。我一边享受着美丽的海滨风光，一边悠闲地划水游泳，就在觉得可能离岸太远了正要回头时，遇见了十年不见的老朋友。

他是我在上班族时代认识的朋友，任职于国外的通讯社。

"哎呀，好久不见了！"

"是呀，真是难得能遇见你。"

就这样，我们在海水中直立着游，彼此寒暄十年来的近况。对方成长于湘南海岸，单单拍动手脚的立泳对他而言就像是站在路边闲聊一样地轻松。我就不行了，加上又是回程的途中，只好仰躺着继续聊天。随着海浪的波动，我们的身体偶尔会有些许的碰触。尽管是在海水中，我穿着几乎是比基尼式的泳衣，躺着和旁边半裸的男性应对，说起来还是不太庄重，我觉得十分难为情。

我们聊得差不多了，开始往岸边游回去时，途中我被鲣鱼乌帽子给螫伤了。

鲣鱼乌帽子是一种管状的水母，船形的身体是由透明的软骨所构成的，底下垂着透明、细长的足须，长度是墨鱼足须的三倍。我就是被它的细足给缠住了手臂，感觉一阵灼热与刺痛。虽然当场便甩开了，但由于刚刚在海水中立泳的疲惫与手臂的疼痛，不小心喝了不少的海水，游回海岸时几乎站不起来。

当晚手臂便红肿了一倍大，一如被铁丝网烙下的痕迹，上面有着三圈伤痕。伤痕直到来年的春天还明显留在手臂上，许多人问我是不是被绳子绑的，为了解释原因，我简直是汗流浃背。听说鲣鱼乌帽子别名又叫做"葡萄牙军舰"。

我有过一次溺水的经历。

也是发生在小学六年级的时候。由于刚学会游一点泳，所有的学生必须练习一个个从跳水板上跳下水后游回岸边。我跳下水，正准备开始游泳时，忽然有人紧紧搂住我的脖子。原来是紧跟在我后面跳水的男生脚抽筋了，一时间痛得受不了，抓住了我。

听说在这种情况下，人们会回忆起许多画面，不过可能因为我还是个小孩，并没有看见什么。我只记得脖子后面一阵温热，不知是谁的手紧缠着我的脖子，我拼命地想甩开。

等我回过神来，人已经躺在沙滩上，周遭围上了七八张关心的脸，正中央是蔚蓝的天空。不记得是课外教学的老师还是工友端来热姜汤给我喝，或许因为是有生以来第一次喝到，我记得好喝得不得了。

该说是从前的小学管理很松散吗？老师既没有跟我说声抱歉，我也是一个人走路回家。在回家路上我突然才发现，有个男生躲躲闪闪地跟在我后面。

就是刚刚那个因为脚抽筋害我差点溺水的男生。我见过他却没有和他交谈过。他默默地跟在我后面，时而攀折篱笆上的树叶，时而踢踢路上的小石头。

我故意放慢脚步，心想你要道歉就赶紧说吧，可是对方一见我放慢脚步，也跟着减缓速度，始终没有走上前来。

回到家爬上二楼的书房，从窗口向下望，他就站在马路对面，游泳时所戴的红色泳帽用绳子束了起来，鼓成球状，里面大概包着湿掉的泳裤吧，水珠滴滴答答地落在脚边，晕湿了一大块。

当我决定从窗帘里探出头时，听见母亲温柔地呼唤着："邦子，吃饭了。"便下楼去了。

鹿儿岛的海滩位于锦江湾的内侧。眼前就是樱岛，有着名副其实的白沙青松，是个海浪平静、风光明媚的海滩。近年来已经成为观光胜地，游客如织。但是在二次大战前却很幽静。

那里附近有岛津别墅，可说是距离市区颇近的高级别墅区。山紧逼着海岸线，沿海的公路上有许多卖当地名产"酱波"的小吃店。

"酱波"是一种以酱油佐味的糯米饼，约一口大小，上面插着两根如竹筷子对折长度的木棒，所以当地人称之为"两棒"，以讹传讹的结果变成了现在的"酱波"。这是爱说典故的父亲一边吃着酱波一边告诉我们的。

由于母亲很喜欢吃酱波，住在鹿儿岛的时候我们一家常去海边玩。

我们总是会租个面向海洋的包厢，父亲喝啤酒，母亲和我们小孩子点一大盘酱波吃。然后父亲睡午觉，母亲和我们有时一起眺望樱岛，有时在沙滩上玩，度过一个悠闲的午后时光。

那应该是个不适合游泳的暮春时节。

跟往常一样，父亲在包厢里喝啤酒，我们则是等着酱波烤好上桌。对大人来说，欣赏风景可以怡情养性，但是对小孩子而言，就只觉得很无聊。当时读小学四年级的我，一个人穿上鞋子，走到包厢前面玩耍。每个包厢和包厢之间的通道宽度只能容纳一个大人通过。我穿过通道前往出租车穿梭的马路边观望，看看没什么好玩的，便又经过狭隘的通道回到家人聚集的包厢里。

这时从海边走来一位渔夫，赤裸的身上只绑着一条丁字裤，他一个人便将通道给挤满了。为了让他通过，我身体紧贴着包厢的木板墙壁，突然觉得墙板的味道很像新年时用来装饰大门口的马尾藻一样。接着我发现上身被人抚摸了，那个渔夫居然对我性骚扰！

正当我惊吓得叫不出声音来时，传来了父亲响亮的说话声，渔夫便匆匆离去。

一时之间，我就这么紧靠在墙板上，凝视着夹在包厢之外的细长海洋。

我没有马上回到包厢里，而是先到外面的井口边洗手。生锈的打水器发出嘎吱嘎吱的声响。我用力搓洗干净后，从口袋掏出手帕擦干。

手帕的一角有母亲用毛笔帮我写的名字"向田邦子"，字迹因为渗水而消退了。好像自己的名字头一次被旁人知道了，有种奇怪的感觉。

我慢慢地折好手帕，然后转身走回包厢里，对刚刚发生的事绝口不提。

我不记得那名渔夫是年轻小伙子还是上了年纪。为什么事发当时我没有大声呼救？明明手又不脏，何必硬要洗手呢？当时的心境如何如今我似乎有点明白，但若是诉诸言语又显得造作虚假，于是决定不提为妙。

已经将近七年不曾到海边游泳了。

以前做过游泳的梦，也曾梦见被人追赶，奔逃在海浪之间，最后因为脚步沉重而惊醒。但是近来已经不做那些梦了。那种在晚上晾湿泳衣、隔天穿时觉得不是很干的不快感受，还有在礁石之间的水洼游泳时，小鱼在腿肚子上碰触的感觉，都已经离我越来越远了。

印象中最美丽的海洋，要算是五年前看到的。虽然宛如薄荷果冻的加勒比海、有着味噌汤色泽的泰国班森海、冬日波涛汹涌的多雷多海，还有秘鲁南部的贝多班特海——站在礁岩上可以早晚两次眺望成千上万只企鹅结队入海觅食沙丁鱼——也很精彩，然而感觉上国外的海洋就连拍击浪花也是发出外文的声音。日本的波涛不论是哗哗作响还是惊涛拍岸、波澜壮阔，发出的都是日文的声音。

也许从小生长在这里，自然有偏爱的嫌疑，总觉得日本的海洋也许没有惊艳之美，却多了份温柔。如果硬要我从其中选出最美的一处，不知为什么，那个曾经让我有过难堪经历的细长海洋，竟成了我最怀念的海边。

吃　饭

其实我不太习惯走"行人天堂"。①

都说可以大摇大摆地走在快车道上了,如果还在人行道上散步就显得有些小家子气,可是我偏偏又觉得走在大马路上不是很安心。

难得有机会可以走在大马路,总觉得能走时不走好像有些对不起自己,尽管这么想,两只脚却因为长年累积的惯性,搞得心里很不舒坦。

这种心情就像是参加不拘礼数的宴会一样。

十年前我还任职于出版社时,往往在一年一度的忘年会之后会有续摊。参加的人不分职位高低,管你是总经理还是小职员,在宴会中大家都能畅所欲言。被批评的人也不能记恨,所有人尽兴地抒发一年来的不愉快。

于是有人会趁着酒意朝上司进攻。这种情况下,如果脑筋太过清醒便会跟整个场面格格不入,最好借

---

① 假日将闹区马路划分为行人专用,禁止汽车驶入的措施。行人徒步区。

酒装疯跟着起哄。

于是我也故意跟着大家对上司大呼小叫。

其实内心里冷汗直流。

这就是人之常情吧。

反正隔天醒来，一切又恢复正常。尽管担心万一演得太过火会被报复，还是放纵自己把握机会抒发怨气。

那是一种舒畅与不自在并存的感觉，甚至内心觉得很过意不去。

我还记得穿着鞋子走在榻榻米上时，也有同样的心情。

那是发生在距今三十二年前，东京大空袭的那个夜晚。

当时我是女中三年级的学生。

原本被征调到军工厂为车床工，负责制作炸弹的零件。后来因为营养不良，得了脚气病，便在家休息直到战争结束。

其实大家都很清楚，白天空袭通常不过就是一两架运输机飞过，或是侦察地形而已，不会表现得紧张兮兮。所以每当空袭警报响起时，我们家的黑猫就会叼着小猫躲起来。我看到黑猫的动作之后才抓起一本书，慢条斯理地躲进防空洞。

书是旧书店买的《明星》电影杂志或女性杂志附录的食谱。一边看着图片中克拉克·盖博和克劳黛·考尔白的白色豪宅，不禁发出羡慕的叹息声。

我是标准的日本少女，成天高喊着"英美畜生"的口号，却偏偏不把好莱坞那一块地方当作是敌国看待。我还记得电影杂志上像猫咪一样的女星西蒙妮·西蒙穿着黑色缎面的礼服，脚上的高跟鞋尖形状十分怪异。

一边翻阅着食谱，一边计划今天要吃什么好菜。其实连材料都没有着落，只是津津有味地研究作法。在脑海中描绘出各式各样的山珍海味，想象品尝美食的情景。

像"焗烤淡菜""奶油炖鸡"等光听过没吃过的法国名菜，都是在防空洞中学会作法的。

书上还教人怎么享用"奶油泡芙"，正觉得垂涎欲滴时，后面又提到"淑女是不可以在大庭广众下食用奶油泡芙的"，害我顿时跌入失望的谷底。

三月十日。

那一天的白天，住在蒲田的同学约我一起去海边挖蚌壳。

晚上刚睡着就被防空警报声给惊醒，黑暗中我正想抓着白天挖到的蛤蜊往外逃时，被父亲给一把推开，"笨蛋，拿那种东西干吗？丢掉！"

厨房的地板上，蛤蜊散落了一地。

这是当天晚上所有慌乱的序曲，跑到门外，整个街头的天空已是一片通红。我们家就在佑天寺附近，对面的面店直接受到燃烧弹的攻击，一时之间便燃起了大火。

父亲身为村里干事，不能不出面处理。于是交代我和母亲留下来看家，要读中学一年级的弟弟带着八岁的妹妹到赛马场后面的空地避难。

父亲叫住了正要往外跑的弟弟和妹妹，将夏天用的亚麻凉被浸在消防水桶中，吸饱了水分后盖在两人身上，然后几乎是用斥责的语气赶他们上路。这条凉被有着淡蓝色的布边，中间是秋天花草的图案，我很喜欢，不禁在心中叹息："好可惜！"但是想到刚刚的那些蛤蜊，我没敢说出口。

然而之后根本无暇顾及那张凉被和那些蛤蜊，我也没办法继续读《明星》杂志和食谱了，因为火势逐渐逼近了。

空袭……

不知道这个词是谁决定的，的确是来自空中的袭击。通红一片的天空中飞来黑色的B29战斗机。当时还不流行怪兽的说法，来来回回盘旋的战斗机看起来就像巨大的飞鸟一样。

门口的马路上有许多拉着满载家当的拖车、扶老携幼的逃难人群。随着火势逐渐加强，有些人甚至得沿路抛弃行李。人群经过之后，留下的一辆三轮车上，孤零零地坐着一位被家人抛弃的老婆婆。父亲走向前时，看见她默默地流泪。

漫天火焰中传来阵阵的狗吠。

尽管政府规定要将饲养的狗交出去，还是有人家偷偷地养。大概是来不及带着逃跑，狗还被拴在房子里。不久之后，凄惨不似狗吠的野兽号叫也停止了。

随着火势的延烧，刮起了大风，四处飞起了明信片大小的火花。空气十分燥热，一呼吸，鼻子和喉咙便灼热难耐。用现在的说法形容，就像是洗桑拿一样。

干燥的篱笆一遇火，像过街老鼠一样迅速四处蹿烧。我一边用泡过水的灭火拍扑灭火苗，同时还要察看家里有没有发生任何状况。

"没关系，你就直接穿着鞋子进去！"父亲大声指示。

这是我有生以来第一次穿着鞋子走在榻榻米上。

我心里想着：说不定我就会这么死去了，却又难掩穿鞋踩在榻榻米上的新鲜感。

这种时候，似乎女人总是比男人要看得开。父亲自己虽然那么说，却还跐着脚步，走得很不自在。母亲则是不知在想些什么，居然在她最喜欢的松叶图样大岛织和服上套着缩口长裤，脚下不是穿着平常穿的运动鞋而是父亲的马皮靴，大摇大摆地在屋子里来回穿梭。或许母亲的心情和我一样。

就在三面火势熊熊，心想人生到此为止的时候，不知为什么风向忽地一转，到了白天一看，整条街上就只有我们家附近奇迹似的没有烧成灰烬。我一脸的烟灰，连眉毛都给烧掉了。

那辆三轮车的主人回来了。正当父亲抓着抛弃母亲逃跑的儿子痛揍一顿时，弟弟和妹妹也回到家了。

彼此都是大难不死逃过一劫，照理说应该是场面感人的亲子重逢好戏，我却一点印象都没有。唯一记得的是，弟弟和妹妹把急救袋的干粮全部吃光了。他们听到我们家附近全部陷入火海，心想不会被父亲责怪就放心地大吃。

事后妹妹还表示，当时哪有身为孤儿的悲痛，而是很高兴能吃干粮填饱肚子。

接下来的战况更激烈，听说会有地毯式的攻击，于是父亲提议："照这样子下去，我们家肯定难以幸免，不如把剩下所有好吃的东西都吃掉再死吧！"

母亲便将收藏的白米拿出来煮一大锅饭。我挖出埋在庭院里的地瓜，用之前藏起来的面粉和麻油做成油炸地瓜片。对于没有特殊黑市管道的老百姓而言，我们家这一顿可说是惊世骇俗的大餐了。

经过昨晚的折腾，榻榻米上满是泥印。我们在上面铺了块布，一家五口脏得像是泥人，围坐成一圈吃饭。周遭弥漫着昨晚火烧之后的余烬烟尘。

我们家隔壁是间外科医院，不断有受伤的人被送进去，也有的伤员在医院中咽下最后一口气。想到这些邻居们的遭遇，我们家竟在光天化日下油炸美食享用，实在是太放肆了。然而我想父亲这么做也有他不得已的必要吧。

母亲变得很爱笑，一向摆着臭脸爱骂人的父亲也显得很亲切，不断招呼我们："多吃一点嘛，应该还吃得下吧？"

饱腹之后，我们一家五口像是河边卖的鲔鱼一样，一字排开地睡起了午觉。

看见榻榻米的接缝塞满污泥，蔺草也断裂起了毛边，母亲偷偷起床想拿抹布清理时，父亲轻声制止她，"别打扫了，你也睡吧。"

我似乎看见父亲正在哭泣。

父亲一定很自责身为家长却让家中被自己的鞋子弄脏、让尚未成年的孩子们将因饥饿而死，也一定很遗憾无论自己如何努力都无法改变现状。

或许他也想起了配合学童疏散政策被送到甲府的二妹吧。他是觉得至少家中还有一人获救也算万幸呢？还是后悔将二妹送出去，既然要死也该全家人死在一起？

屋子的角落，我前一天挖到的蛤蜊散落在地上，支离破碎地被晒干了。

战争。

家人。

每当这两个名词连在一起时，脑海中便自然浮现那一天我们家凄惨而又滑稽的最后午餐，餐桌上有着油炸地瓜片。

内容有些前后倒置了。接下来要说的是我小学三年级时生了一场大病，病名是肺门淋巴腺炎，算是一种儿童肺结核的初期症状。

知道病名的那一天起，父亲便开始戒烟。

我必须长期住院，而且是住在有山有海的地区疗养。

"又不是什么贵族千金……"有的亲友甚至在背后

说些有的没的。

家里为了我的医药费，连原本存来买房子的钱都拿出来用了。

父亲的戒烟一直持续到我回到学校上课，共维持了两百八十天。

那时前往广尾的日赤医院看病时，母亲常常会带我去吃鳗鱼饭。那是一家位于医院旁边的小店，不知为什么客人总是只有我们两个。

我和母亲面对面坐在角落的位置后，她便会点一人份的鳗鱼饭，有时还会加点烤鱼肝。鳗鱼是母亲最爱吃的食物，但她每次都会说些"妈妈今天身体不太舒服""我不喜欢油腻的东西"等不同的借口要我独享。换句话说，当时家里的经济是不容许两个人都点鳗鱼饭享用的吧。

父亲领着保险公司微薄的薪水却十分爱打肿脸充胖子，母亲不但得扮演亲友口中懂得人情世故的大方媳妇，家中还有四个正值成长期的小孩子要养。就连这一碗鳗鱼饭肯定也是母亲帮别人做女红存下来的私房钱买的。每次离开医院跟着母亲的脚步往卖鳗鱼饭的小店走去，我就觉得心情十分沉重。

鳗鱼也是我爱吃的食物。虽说当时我只有小学三年级，但从小说中也隐约知道肺病是种什么样的疾病。

我认为这样的病就算当下治好了，长大以后还是可能复发，然后整个人会变瘦，吐血而死。

我有种自己仿佛变成美人一样的感觉。鳗鱼固然美味，但是得了肺病却更凄美悲凉。

背着祖母和弟弟妹妹，一个人享用美食，虽然高兴却也感到内疚。

在这家卖鳗鱼饭的小店里，我学会了再怎么可口的食物，如果心情不好也一样吃不出好滋味；相反地我也学到了尽管情绪不对，美食终究是美食。不管怎么说，我的的确确是在这里体会到除了食物的滋味，人生也别有另一番况味。

直到今天，如果走进充满古趣的面店，看见店里有面镜子时，我就会想起那一天的情景。

镜子中母亲一边拢着暗红色披肩的领口，同时留心尽量不要看着我吃鳗鱼饭。在她前面坐着一个清瘦、眼睛很大的少女，水手制服外搭着一件灰红条纹交织的厚呢外套，那就是我。母亲当年不过三十出头，拥有一头浓密的秀发，两颊丰满的脸庞，模样神似现在的小妹。昔日黄色的电灯泡改成亮白的日光灯，尽管我期待在镜中看见神似我们当年的母女，然而碰巧走进来的亲子客人却显得表情木然。

不知是拜母亲的鳗鱼饭之赐，还是父亲戒烟的功德，我的肺病至今都没有复发过。

自从吃过那一顿破釜沉舟的最后午餐后，连空袭的 B29 战斗机也将目标从东京转向其他中小都市，让我们逃过了生命的威胁。

我一直是个嘴馋的人，也自诩比一般人更常有机会享受到美食，可是屈指细数心目中印象最深的吃饭记忆时，首先想到的就是东京大空袭隔天的最后午餐，以及怀着沉重心情享用的鳗鱼饭。看来我还是摆脱不掉天生的贫贱性格，真是可笑！

尔后也曾有过好几次觉得"真好吃""真幸福"的美食经验。当时固然刻骨铭心，但之后惊艳的感觉便融化了，最后居然消失得无影无踪。

就像钩针上的倒钩一样，快乐收获之余伴随着甘中带苦的泪水咸味。这两顿生死攸关的吃饭往事，将永远留在我的记忆之中。

阿轻与勘平

　　一听到"新年"这两个字，我就想叹气。

　　因为从小，我对新年的印象总是天气寒冷、家里客人多到忙不过来的慌乱。

　　其实也不是说新年就是特别的寒冷，而是客厅打扫完，收拾掉一切不必要的杂物后显得更宽敞。趁着年底换新的榻榻米，踩在脚下的感觉僵硬而冰凉；看习惯泛黄起毛边的旧门，这时换上新糊的纸张，只觉分外雪白；连装饰在橱柜里的黄金财宝和水仙花也发出寒光。

　　算准客人来访的时刻得事先在客厅生好火盆，同时又得注意其他房间的温度不能太高，免得让年菜发馊变坏，说不定就是这样才会让我感到新年特别的冷。

　　也或许是因为平常总是穿着厚重的衣物，把自己包得圆鼓鼓的。但新年穿上漂亮衣服就不能如此，所以身体受不了。

　　吃完一家人团圆的年糕汤后，我便会在新衣上面罩件白色围裙，请祖母帮我在袖口绑上缠带以便做事，然后落坐在客厅的大火盆前。

打开草席包着的大酒桶或大瓶玻璃装的清酒,将家中所有的小酒瓶一字排开,依序将酒给斟满。等小酒瓶都装满酒后,拿张不用的废纸盖在上面避免灰尘进入,接着便开始调整火候,随时让温酒的水保持滚热的状态。别看我是个小孩子,温酒的本事却是一流,甚至还有亲友开玩笑说:"这孩子马上就可以嫁给开餐厅的人家当媳妇了。"

当时家里进出的客人很多,所以我想收到的压岁钱应该也不少。只不过以前的小孩不太有机会花钱,母亲也会帮我和弟弟把压岁钱存进各自的钱筒里面。我的存钱筒是二宫尊德,① 弟弟的是楠正成。②

我想那应该是父亲任职的保险公司成立几十周年送的纪念品吧。仿青铜的制品,拿起来还挺重的。二宫尊德和楠正成的外貌跟真人很像,底座有开口,可以将所存的钱取出来。

我和弟弟都将存钱筒放在书架上,有一天放学回家时,看见母亲正从楠正成的底座掏钱出来。

那大概是发薪水的前一天,母亲说:"昨天晚上临

---

① 二宫尊德(1787—1865),德川幕府首相。年轻时以济弱扶倾与广传成功法则成名。
② 楠正成(1294—1336),日本中世纪时著名武将。

时来了很多客人，不够钱付给寿司店的人，先跟你们借吧。"这种情形以前也常见。我母亲生性豁达，我们小孩子也觉得借钱给父母是件光荣的事，所以不以为意。然而当场看见大人掏钱的举动，感觉还是有点奇怪。

楠正成看起来是个小心谨慎的人。相对地，我的二宫尊德明明是个少年却长得一副老成的脸孔。而且我也不喜欢尊德的发音。① 或许是小时候的印象很难抹去，如今我只要看见铜像，总觉得底座下应该装了不少钱！

有人以为《百人一首》② 诗歌集中的作者之一赤染卫门是男性。

我的一位男性朋友就曾怀疑，"是吗？是女的吗？真的是女诗人吗？"

情知愿早眠，

胜若空候月东升，

一夜苦思量。

人生五十年，始终以为男性不会写出这种情诗的这

---

① 尊德（sontoku），与"损得"谐音，有受损的意思。
② 《百人一首》为日本和歌经典，正式的名称应为《小仓百人一首》，由藤原定家编选。为将天智天皇到顺德天皇时代的100位歌人的和歌，每人摘选一首编辑而成的歌集。

个朋友，在新春时节获知事实，显得有些不太能够接受。

这么说起来，身为朝臣的藤原道信也写过以下的诗歌：

> 天明暮将至，
> 却恨曙光催人离，
> 相思苦难挨。

感觉不像个男人，太过痴情。

还有大江千里也是男性，他的诗歌如下：

> 观月心感怀，
> 万物皆享秋意浓，
> 独自伤悲秋。

这样的诗句说是出自女诗人之手也不足为奇。

据说《百人一首》的作者中有二十一位女诗人。是不是古今皆然呢？为文题诗的男性，个个温柔多情；而女性作家就充满了不让须眉的刚烈个性。似乎男性能够很自然地将人性中柔弱的一面表现出来，女性却很矫情，用现在流行的说法就是"逞强固执"吧。

我也到了理解什么是愁滋味的年纪了，常想在新年时应该好好品味诗歌的意涵，玩百人一首的纸牌游戏。但想归想，春节假期便这么结束了。

突然发觉自己并不曾有过在正月时分穿上新衣到庙里参拜，或是看过新春大公演的戏剧。

新年时，总得在家门口迎接来拜年的客人，帮他们将鞋子排整齐、接过他们脱下来的披肩或大衣挂好，然后回到厨房温酒，等父亲召唤时到客厅正式与客人寒暄问候。

或许是因为被酒气熏的关系，还是吸多了火盆中煤炭释出的一氧化碳，神情总有些茫然，当天傍晚肯定会患头痛。燥热的舌头吃橘子，是再好不过的了。

从我懂事以来，家里的新年就是这个样子。我也认为新年理应是这个样子，从来没有埋怨过父母。然而从小在商店街长大、知道都市小孩的新年不该这么过的母亲却很同情我，在我小学三年级的那个新年，特意让我出门去玩。

"待会儿你爸爸的客人就会到家里来，到时候你就不方便出门了。"说着便连忙帮我换上新衣服，要我去找朋友玩。

父亲因为工作的关系，大年初一起便有许多客人来家里拜年，因而我们家的小孩是不可能找朋友来家里或到朋友家去玩的。突然间要我去找朋友玩，一时间我也想不出该去哪里才好。

呆立在门口好一阵子，只觉得天气冷得难受，好不容易才想起到同学玲子家看看吧。她们家是建筑承包商，房子盖得好大，被带到客厅时，我简直是吓呆了。

儿童房位于二楼，可以俯瞰整个中庭，是景观最好的房间。榻榻米上铺着红色地毯，面对庭院则是整片的落地窗。我到的时候，已经有七八个同学坐在里面。盛装的玲子正在弹钢琴。每个小朋友面前都摆着可爱的餐具和食物。玲子的父母忙着指挥女佣招待我们这群小朋友。宽阔的屋子里很安静，不像我们家飘散着酒气和嘈杂的人声。这是我所不知道的另一种新年，安静而又丰盛的新年。我们玩了笑福①、双六②等游戏，虽然很好玩，我却渐渐坐不住了，心里总是担心起家里的状况——这会儿应该是家里客人最多的时候吧？祖母和母亲应该忙得人仰马翻了吧？父亲又大发雷霆了，可是新年期间不是不应该大声骂人吗？谁在负责温酒呢？

本来我若待到傍晚，玲子家便会开车一一将我们送回去。可是我放弃这项福利，一个人先告辞了。当时我们家住在中目黑，玲子家则是在旧赛马场的后面。

---

① 蒙上眼睛将五官放在空白脸谱上的新年游戏。
② 类似升官图的新年游戏。

如今那里房屋林立，二次大战之前却多半是空地。我像参加运动会般地跑步冲回家。

"你还在干什么？温酒上得太慢了。"回到家后，在父亲的斥责声中，我一边将快要烫伤的手指摸着耳垂降温，一边将冷酒温热。这时一位只有在新年会来家里的客人上完厕所顺便探头走进饭厅，跟我寒暄几句后，突然抱住正在配菜的母亲大喊："经理不行啊！你们家全都是靠经理夫人在撑呀。"

这时也不知父亲是怎么看待这种场面的，他冷不防地冒出来说："是呀，你说的对。"同时将喝醉酒的客人拉回客厅去。母亲的脸则因为生气而有些涨红。

由于人数比预定的多，祖母试着减少每个人的醋拌小菜，好增加两三盘。

酒醉的客人开始唱起下流的歌曲。每当歌词唱到危险的地方时，父亲为了怕坐在饭厅的女儿听到，便故意大声吆喝："万岁！万岁！"

有时候听见脚步声，探头往走廊一看，原来是上完厕所的客人开错门，把储藏室当作客厅了。有时候其实没什么事的父亲会走过来，瞧见一边温酒的我偷偷捏菜吃，敲敲我的头后又回到客厅去……

这就是我的新年。

尽管嘴里经常抱怨着不喜欢，但其实我并不讨厌这样的新年。

那一天，跑步穿越旧赛马场的空地，即将抵达大马路之时，被裙摆绊住脚，跌了一跤。一个经过的老婆婆扶我站起来，并且坐在路边旧木头堆上帮我重新绑好腰带。

"你这孩子怎么了？"她边绑腰带时还边数落我："新年是不可以跑的，这样子福气都会被跑掉的。"

我去算命，说我有驿马星动的运势。就职业来看，这种星象的人将会东奔西走，无法定住在一处，而是忙个不停。

旧赛马场，顾名思义就是以前赛马场的所在地，目黑纪念赛马会就是因此而命名的。当年我穿着新衣服在赛马场后面奔跑，似乎预告了日后会驿马星动。

那之后我吃了将近四十次的年糕汤，至今仍无法安静悠闲地过新年。

从杂志编辑、周刊执笔、广播剧幕后工作人员，从事的都是些像驿马般被时间追赶的工作，我不知道是因为脚步太匆忙福气跑掉了？还是为了追求跑掉的福气而加紧脚步？总之，忙碌的生活让我和安详宁静的幸福岁月无缘沾上边。

直到今天，如果在大年初一到初三的电视节目中听见钢琴演奏的乐音，我眼前就会浮现四十年前玲子在家弹琴的画面。

一如灰姑娘往赴人生中唯一一夜的舞会一样,那竟是我生命中唯一一次走错门的新年聚会。

前面提到我从来没看过任何新春大公演的戏剧,其实我记错了。仔细回想,只有一次在新年时被带去看戏,戏码是《忠臣藏》。

听起来好像很不错,但因为是耍猴戏,所以我很不喜欢这段往事。

大概是我们还住在宇都宫时发生的事吧,我好像还没上小学,或是刚上一年级。

记不得是什么戏院了,是由两只猴子主演"阿轻与勘平"的角色。

演勘平的猴子穿着武士服、佩带刀子;演阿轻的猴子头顶着假发,穿着一身鲜艳的华服。虽然两只猴子常常会露牙鬼叫,被观众丢上台的花生米而吸引分神,但还是顺利地表演了私奔和切腹的场面。

但是不知道为什么,演勘平的猴子习惯没事就向上跳。切腹切到一半时也高举着武士刀向上高跳了五十厘米,引得观众们哄堂大笑。生平第一次看戏的我只觉得很有趣,入迷得几乎都忘记了时间。

仔细一看,猴子们身上的衣服有些肮脏,大概是自己咬破的吧，有着粗糙的补缀痕迹。它们的身材瘦小，毛色也不是很好，演戏的过程中不时会偷空捡起台上的橘子、花生米来吃。尽管如此，不知饲主是怎么教他们的，当阿轻抱住勘平依依不舍时，还会用手掩面而泣；勘平在拿刀切腹时，竟会向后一仰，抖动着身体演出气绝身亡的模样。

因为演得太精彩了，我有些被吓到了，那一晚回到家便发了高烧。如今回想，那是我第一次欣赏戏剧。

请教同行的前辈们最早接触的戏剧是什么？大家回答的不是易卜生就是莎士比亚。没有人跟我一样是看猴子演的《忠臣藏》。

看来似乎从这里就可以看出一个人的品位，或是他所写的东西的格调了。

"人们总会遇到与其个性相符的事件。"这句话好像是小林秀雄说的吧。

说得真好，令我由衷敬佩。过去我以为人生中所遭遇的事件可以塑造一个人的个性，但其实不然，而是事件选择了人。

这么说来，我会去看耍猴戏的新春大公演《忠臣藏》，与我慌张冒失的喜剧性格正可说是绝配啰。

徒 樱

童话故事反而是在长大成人后重读更能添新味。

手边有一本在旧书店找到的昭和十年（1935）出版的普通科用小学语文读本第三卷，翻开一看：

一寸法师

从前从前，有一个老公公和一个老婆婆。
因为没有小孩，
所以求神明："请赐给我一个孩子。"
结果就生下了一个男孩，身材只有一个小指头那么大。
因为身材太小了，就将他取名为一寸法师。

读到这里，我突然发现一个儿时没有注意到的地方而有些错愕。原来一寸法师的妈妈是个老婆婆。我还以为老婆婆是绝对生不出小孩的，看来也有例外。

小指头大小的身材，难道是早产儿吗？这时老婆婆已经多大岁数了呢？会不会被人笑说是老蚌生珠而觉得不好意思呢？不过话又说回来，这篇国语读本的作者倒是很会写文章。

他不直接写"老婆婆生下了一个男孩"，而是写成"求神之后生下一个男孩"。

看起来就像是神生的孩子一样，顿时格调高雅了许多。或许是以前的孩子较晚熟吧，当时我们一点也不觉得有什么不对劲，还能大声地朗诵课文。如今想来，能够生小孩，应该说是"有一个叔叔和一个婶婶"比较正确吧。可是在童话故事里，老公公和老婆婆还是比叔叔和婶婶对味得多。

这么说起来，日本童话故事中的主角几乎都是老年人。例如："一寸法师""桃太郎""浦岛太郎""月亮公主""长瘤爷爷""坏狸猫""开花爷爷"等。

每一个都跟老婆婆、老公公和婴儿有关，或是老人家和身边的小动物所发生的故事。几乎看不到血气方刚的成年男女出现。而像国外的童话故事中美丽公主和潇洒骑士的浪漫爱情，顶多也只能在月亮公主中嗅得一二，其他的故事则完全脱离了情爱的色彩。也许就是因为这个原因吧，就算有特立独行的人物上场、做出 SF（科幻）、超能力或杀人等行为，也不会给人阴森悲惨的印象。但仔细品味思量，却又发现其实童话故事中有许多骇人听闻的情节。

从前从前，有一个老公公和一个老婆婆……

似乎经由这种固定形式的开场白，故事中的血腥气息便消失无踪了。

童话故事中让我印象最深刻的是"桃太郎"。直到今天只要有人提起"桃太郎"，我的脑海中就会浮现一幅画面……

画面中，父亲、母亲、祖母和弟弟妹妹们围着餐桌在吃早餐。小学生的我则将作业簿摊在饭桶盖上，一边看着语文课本，一边抄写"桃太郎"的课文。眼看上学的时间快到了，我的作业还有一大半没写完。我边哭边写，心里十分慌张。

"为什么昨天晚上不写好？你这样子会养成习惯，所以我们不会帮你的！"父亲捧着特大号的饭碗数落我。

祖母还是跟平常一样，面无表情地用旁边的青花陶瓷火盆烤海苔。给大人吃的切成八等份，给小孩吃的就再对折切半，然后将烤好的海苔放在海苔专用九谷烧方形碟子上。

"静下心来写，一定来得及的。你不要心慌。"母亲则是一边安慰我，一边装便当或帮家人添饭。每一次添饭时,我就得将作业簿移开,停下手来休息。打开饭桶盖时,一股热气冒在眼前,就像是换婴儿尿布时一样的情景。家里明明有书桌,为什么我要在饭桶盖上写作业?我也不知道原因。大概是一个人会害怕,不敢在自己房里赶作业吧。

我已经记不清当时是否来得及写完作业,却还依稀记得圆形的饭桶盖上其实很不方便写字,还有肚子上那种温热的感觉。或许是因为祖母总是用力咬着牙拿铁鬃死命刷洗的关系,饭桶上的铜箍光可鉴人,桶身则被洗刷出竹刷般的直条纹。

我还不到两岁,弟弟便出生了,所以我都是和祖母住在同一间房里,许多童话故事也是祖母告诉我的。以当时的标准而言,祖母算是身材高挑、脸蛋瘦小的美女,而个性一如她的外形,不够圆柔、十分刚强固执。

就连帮我绑腰带,也一定紧到让我几乎喘不过气来。母亲打的结是宽松的圆形,祖母打的则是紧密结实的鼓状。她常常小声地批评说:"你妈妈打的那种不行,松垮垮的。"

的确,祖母打的结几乎没有松开过,远足时最适合。只是她连水壶的盖子都旋得很紧,小孩的力气根本打不开,我总是拿去请老师帮忙。

可能是因为出生在农民运动的发源地能登的关系，祖母是个虔诚的佛教徒，每晚入睡前一定要念经。应该是在我边哭边赶桃太郎的作业之后吧，我也开始陪着她念经。有一次念完经后，祖母教我一首诗歌：

心系明朝至，
怎耐晚风催徒樱。

据说是亲鸾上人①的作品，算是我最早学会的一首短歌。

祖母将供奉在佛龛前，被称为是"宫品"的白饭让我吃，同时对我讲解诗歌的意义。

宫品是早晨饭煮好在装进饭桶前先用黄铜制的供佛器具装满一碗，连同清水一起供在佛前。到了晚上饭会变硬，还染上了线香的味道，老实说并不好吃。可是祖母说吃了能得到神佛庇佑，一定要分我一半，剩下的她用厚实的手掌抓起来一口吃掉。吃完宫品后，我用祖母从佛龛底下的小抽屉拿出来的桃子形小扇子，将蜡烛搧灭，然后关上嘎吱作响的佛龛门，祖母和我的一天便画上句号。

---

① 亲鸾上人为日本真宗祖师，生于13世纪。

祖母告诉我诗歌的意义后,还告诫我作业一定要在前一天做完。因为谁也不知道半夜会发生什么事。

有什么好玩的、有趣的事先做了再说,以致剩下的时间来不及办正事了——这就是我的性格,而我也很早就很清楚自己有这种个性,但是直到现在我才发现,这种性格不是来自父亲或母亲,其实是遗传祖母。

用现在的词汇来说,祖母是个未婚妈妈。她生了两个不同父亲的男孩,老大就是我的父亲。因此在我们家的故事中总是缺少了祖父的影子。祖母是上了年纪之后才变得很勤奋,年轻时喜欢玩乐器、唱民谣,甚至在母亲嫁过来之后还闹过桃色纠纷。

遇到想看的戏、想穿的衣服、想吃的美食以及喜欢的人,她是那种无法抑制自己心情,先做了再说,不顾前后的人。她似乎不会想到事后必须付出加倍的辛苦代价。

身为长子的父亲始终无法原谅祖母的这种性格,只是尽抚养义务地直到祖母过世,一辈子不曾对她好言好语过。不过,这一点祖母倒是很看得开,她对此大概也不抱什么期待。

"做都已经做了,又能怎么办呢!"

于是她不做任何辩解,也从不抱怨或口出恶言,只是低声下气地默默过她的日子。

直到现在我才发现祖母不厌其烦地反复教我那首诗歌的意义，每晚要我跟她一起念经，说不定是想借此提醒自己。

我记得祖母曾经跟小妹说过"浦岛太郎"的故事，当时我也在一旁听着。

当她说到浦岛太郎到了龙宫，接受了龙王公主的招待时，便以唱民谣的低沉歌声唱着"浦岛太郎"的歌曲："鲷鱼鲽鱼翩翩舞，奇幻世界乐无穷，日月如梭恍如梦。"

最后提到浦岛太郎骑在乌龟背上回到海边，打开了不应该开启的宝箱时，她说："结果浦岛太郎就变成一位白发苍苍的老婆婆了。"

我大声抗议："才不是老婆婆，是老公公才对。"

正在缝补衣服的祖母好像没有听见我的话而没有作答，失神落魄地停下了手中的剪刀，与平常判若两人。

仗着年轻貌美，随心所欲、为所欲为，总觉得来日方长无所谓，不料一头青丝却在轻忽间早已发白，一切已来不及，为时晚矣。祖母一方面在告诫着自己，同时也在教诲我。

夜晚，在佛龛前朗诵的这首诗歌，照理说对我应该具有很大的震撼力才对。你以为我肯定学到教训了，其实正好相反。在那之后，我还是常常事到临头了才后悔莫及。

不知道是幸运还是不幸，身为女人的我既没有祖母的美貌也没有她的魄力，别说是当未婚妈妈，在爱情这一方面我完全缴了白卷。我的困扰全数与交稿的期限有关。

由于我自诩草书飞快，总是玩到尽兴才肯动笔。每次都想到了夜深人静才开始创作，偏偏这个时候就会有突发状况，害得我赶不及。这也是前不久才发生的事，眼看时间快来不及了，我只好向电视台借用印刷厂的柜台写稿。平常电视台也会交代他们让我这么做，可是那一天正好工厂办公室在调整座位，桌椅都搬到走廊上，根本没地方让我写稿。

我心想，现在去找间咖啡厅也来不及了，举目四望，看见门口停着一辆三轮货车。后面行李座上的行李用布包着，高度正好适合我站立靠着写稿，二话不说便立即借用，才写了十五个字就发现底下不平，有些起伏。可是我哪有资格批评呢，不如调整稿纸的位置继续振笔疾书。就在还剩一张稿纸即将完工的时候，后面有人开口说话了："还没好吗？大家都在等呀。"

原来我拿来当书桌用的，是印刷工厂员工午餐的便当盒，难怪肚子边有温热的感觉。

我不禁又想起小学时在饭桶盖上边哭边写"桃太郎"作业的往事。

心想反正还有明天的性格，经过了四十年依然不曾改变。

另外，还发生过这样的事。

小学三年级的暑假，我是和母亲、祖母到奥多摩的旅馆度过的。因为我生了一场大病，算是到那儿疗养身体。就在开学前夕，我们回东京的火车上，我哭了出来。

因为我突然想到老师规定要在暑假中背好九九表。

从东京来接我们的父亲在车上拼命地"二二得四、二三得六"地教我。

我却只记得边抽噎的我听见父亲说："这附近就是鸠巢。"

直到如今，有时到电视台参加新节目的企划会议或讨论剧本时，从青山到赤坂的短程出租车上，我总是翻着白眼思量：前一天晚上玩得太过火，根本没准备，不知又会遭遇什么样的惩罚？而这时我肯定会想起从奥多摩回东京的火车上，我边哭边背九九乘法的这段回忆。

我的人生已经过了大半，剩下的明天越来越少了。

可是我指望明天的个性始终改不了。最重要的、该先处理的事总是一拖再拖，反而那些无所谓，甚至不该做的事，随着年纪徒增更有股想去做的冲动。

话题转得有些突然。像丰臣秀吉、田中角荣这些一举成名的人，应该不会有这种举动吧。现在该做什么，他们能够很敏锐地事先察觉。不对，应该是说在察觉之前，他们早已身体力行地去做了。

常常想着该写封谢函给朋友、该寄出问候的关怀，却一天拖过一天，以致心中的愧疚感更深，也就越发推迟写信。尽挑些好做的、好玩有趣的事先做，企图掩饰心中的愧疚，心想没什么关系嘛，明天再说。结果眼睛也老花了，梳头时发现白发日增，现在，搭地铁光是爬个楼梯就已经气喘吁吁了。

唉！叹息之间，外面风吹雨打，今天的樱花也凋谢了。

印象中四十年前祖母头一次教我那首诗歌的夜晚，好像也是刮着强风。但这或许是事后我凭着自己的心情虚构的也说不定。

对了，所谓的徒樱，究竟是什么样的樱花呢？我似懂非懂诗歌的意义，曾经想要查字典弄明白，却还是一拖再拖。

翻开《广辞苑》，上面解释说："徒樱，飘零的樱花、易谢的樱花。"

我又顺便查了一下"宫品"。

从小便这么称呼，也不知道该怎么写，是什么意义。可是不管翻哪一本字典，就是没有"宫品"这个词。最后我才发现，大概是将"贡品"给搞错了。

——贡品，进供神佛的东西。

这么小的一件事也一拖再拖，最后搞清楚时，距离桃太郎的往事已经过了四十年。

车中百态

那天晚上，上车时心情便很好。因为到了深夜才完成广播剧的稿子，将稿子送到银座后巷的印刷工厂后搭出租车回家。而那名中年司机也体会得出乘客愉悦的心情，不停地跟我聊天。

"您从事哪方面的工作呢？"

他说干这行二十几年了，通常都能猜出坐在后座的客人什么职业，可是却猜不透我的工作。

"看起来不像是一般家庭主妇。"

他偷偷瞄了一下车后镜，接着说："是酒吧管账的会计吗？"

从我的外貌和年纪猜我不可能是酒店小姐，这一点算他聪明，但他还是猜错了。

"看您不太化妆的脸和发型，应该是医生吧？"

就这样他又猜我是印染设计师、画家、烹饪专家、新闻记者……连宠物训练师都出笼了。从他的语气中，似乎已经察觉我没有先生、小孩，一个人独居。

"回去之后都做些什么呢？"他的语气纯朴，满怀着关心。

"换做是男人大概就会到常去的酒馆喝一杯再回家啰；女人就没那么方便了，回去洗个澡、喝罐啤酒，大概就上床了吧。"

我有种出门在外不怕出糗的心态，一边尽情地吐露真心话，一边开始做好下车的准备。就像平常夜晚搭乘出租车回家时的动作一样，我左手拿着公寓钥匙，右手握着五百日元钞票，说声"辛苦了"递给司机时，司机先生一下子愣住了。他用力地咽下一口口水，咕噜一声后轻声问："这样好吗？"

"有什么关系，收下吧。"

我想不过是多个四五十块的小费，他用不着惊讶得吞口水吧。但是司机先生还是再一次地确认："这位客人，我真的可以收下吗？"

"不要说得那么夸嘛，这样我反而不好意思。"说完时，我不禁大吃一惊。原来我右手上还紧握着钞票，错把抓着公寓钥匙的手伸到了司机面前。

我频频道歉，直到听见司机先生回转车子发出轮胎摩擦声后才用钥匙打开房门，这时突然间想到类似的情形这已经是第二次了。

那时我刚开始从事电视剧本的写作工作，有一天，制作人来电说要到家里讨论新节目的内容。我忙着准备点心、泡茶时，门铃响了。我心想来得也太早了吧，一开门制作人已站在门口，他比我想象中年轻，之前听说他做事很精明干练，但眼前站着的人却显得腼腆，说话还有点口吃。

"请进。"

看我递出了地板鞋，他推辞说："不用了，我在这边说话就可以了。"

有谁听说过讨论新节目的内容是站在门口进行的？我想这是因为他顾虑到我独居女子的身份，于是故意表现得很洒脱，说："在这边不好说话，还是进来喝个茶……我到傍晚都有时间。"

就在我准备拉他的手时，对方好不容易挤出声音说："这位太太，我真的可以进去吗？"

这时我从即将阖上的门缝中，看到了曾在报纸上见过的制作人走了过来。

这名化妆品推销员刚好早来一步按了门铃，害我竟将他当成了电视公司的制作人。

由于我自己没有车，因此平均每天要搭一次出租车。仔细想想，等于是每次都跟不同的司机先生在某一段时间里独处于密室之中，固然有些是因为我的粗心大意制造了不少难堪的回忆，但其中也发生过许多感人的事。

前一阵子，有一名穿着制服的警察闯入女大学生的房间，将对方强暴后杀死。就在案发过后不久，我搭乘出租车时正好听见收音机播出整个凶案经过的报道。司机先生听完报道后便关掉了收音机。

"既然要做坏事，至少也该先把制服脱掉吧。"我有些激动。其实不只是我，全国民众也都气愤不已。我以为司机先生会附和我的意见，中年司机却沉默不语，安静地开了一段路后，他才悠悠开口说："这次的情形不一样。夏天对警方的巡逻来说也是一大困扰呀。"

司机先生的意思是说：问题出在女性的衬衣上面。以前日本的女性晚上睡觉时，不会穿着那种挑逗人心的轻薄衣物，而是穿着更保守的睡衣，保持着端庄的睡姿。现在不一样了，独居女性增加了，还开着窗户睡成大字形，万一巡逻的警察是个年轻小伙子，真不知道视线要看哪里。

"我就有一个朋友，晚上巡逻时突然着了魔……"

"也杀死了对方吗？"我想我的声音有些高亢。

"他们结婚了。"说到这里，他竟深深地叹了一口气。

"那不是很好吗？尽管一开始出了那种事，但结果能成为幸福的夫妻，不是很好吗？"

"如果对方是一般正常女性的话。"

听说结婚当天，新娘脸上还挂着鼻涕，好像是脑筋有点不太灵光，但两人之间还是生了两男两女。先生已经到了即将退休的年纪，妻子却好不容易学会做打扫洗衣的家事，夫妻之间几乎没有亲密地交谈过。

"每天晚上他都自己一个人下棋，这也算是男人的一生。"

下车之后，我脑海中萦绕着司机先生的这句话，久久不能散去。

大约是两年前的事吧。

日本全国正在为洛克西德公司行贿案召唤证人出庭而沸沸扬扬时，我在芝公园搭乘了一辆让我至今印象深刻的出租车。

车上的收音机传来那名白手起家累积巨富、人称政坛幕后黑手的人的说话声。发问的国会议员以浓重的乡音尊称对方为"先生"，司机先生听着他狡猾诡辩的回答，开车的速度不禁加快了。看着他花白的后脑勺，我心想都这个岁数了，怎么开车这么莽撞，结果司机先生说："我和这家伙是小学同学。"

司机强调说对方是佃农的小孩，当时自己的身分地位要高很多。

"他虽然不太会念书，但为人很狡猾。有时对他不能掉以轻心。"

他自己则是认真工作了五十年，到现在连房子都买不起。也想工作赚钱买个小房子，但就是凑不出多余的资金。

"现在这种社会，像我这样子老实工作的人，当然就是这种结果。而那些手上拥有上亿财富的人就显得很奇怪了，你说对吧？"

一起学习"五十音"的小学同窗，如今一个是日本首富，一个是出租车司机，而且还在满街开车跑的同时，听见成功的同学失势的说话声。

"好几十年没听到他的声音了，不觉得有些怀念吗？"

"谁会怀念他呀！"

司机先生灰色夹克的背影看起来有些故作逞强。

车上的音响或收音机固然能够提供娱乐，但有时也会带来困扰。曾经有一次车上的收音机里，不知道是哪个电台播放医学节目，供妇女病的病患打电话进来询问。因为是疾病，打电话的人心想反正又看不到脸，因此一些平常女人不会说出口的器官名称，在她叙诉症状时都说了出来。回答的医生基于专业，也很具体地详细追问。我突然觉得情况不对，而刚刚还在跟我聊天的司机也出奇地安静了起来。司机先生还很年轻，脖子上粗糙的皮肤冒着好大一颗青春痘。

假如他若无其事地转台就好了，偏偏他也意识到难堪，整个人僵硬地握着方向盘不敢乱动。我也意识到这难为情的场面，自然不好开口要求，只能任尴尬的时间赶紧过去。本以为马上就结束了，但是来电的女性似乎还欲罢不能。我看天气还不错，距离目的地已经不远，干脆当场决定要下车走路。

"这里就行了，请让我下车。"

司机先生猛然打开车门，撞到人行道外侧停着的一辆外送面食的伟士牌机车，车身倒在人行道旁的栏杆上，而手提食物架里的面碗也撒落了一地的面条。

出租车司机之中，尤其是没有靠山的个人出租车，该说是天涯一匹狼还是各自拥山寨为王呢？反正多半都很有个性。我甚至认为个人出租车的"个"，其实是"个性"的个。

有一名年纪五十五六的司机，我叫他"相簿出租车"。车后座就放着几本相簿，都是他的家人和旅行时拍的作品。

我几乎是被半强迫地要求欣赏这些相簿。

他说什么旅行是他的兴趣，平常省吃俭用，一有休假便到全国各地的名胜、温泉区游览。有时是跟太太两个人，有时已成年的孩子也会同行。照片中大家穿着同样的棉袄吃着旅馆的晚餐，或是表演余兴节目，或正在泡露天温泉。相簿里除了照片外，还贴有旅馆的简介、竹筷子的外包装、风景名胜的入场券等数据，同时还很仔细地记下所花的费用和当天的天气。

他似乎都已经熟记在心，并且问我其中去过了哪些地方。我回答说几乎都没去过。他竟然开导我："你这样太吃亏了。人不能老是窝在一个地方，要出去走走才行。"

我想想他说得也对。他的职业看起来好像能随意到处走，但其实一个人关在一个箱子里自己开车，并不算是真正的行动吧，所以他想利用载人移动的交通工具让自己走到外面。其证据就是透过将相簿示人来反刍幸福的感觉。我很感动地看完五大本相簿，客气道谢后才下车。

"你身上穿着毛领的外套固然很不错，但还是要出去旅行呀！"司机先生亲切地笑着说完后扬长而去。

有一次刚坐上车，就被问到存款的金额。尽管双方互不相识，但还是很难启齿，就在我支支吾吾耽误了回答的时机时，司机先生反而报出了他自己的存款数字。数目果然大得值得他面带骄傲。

"此外我还有两间木造的房子和一间店面让老婆打理。"

说完后，他也要求我公布财产状况。由于下车前他三番两次地提起，我不得已只好回答。看他的年纪跟我过世的父亲不相上下，我想告诉他应该没关系吧，于是我报出比他低很多的金额，他一听便高兴地笑了，然后说："其实金钱这种东西，可有可无呀。"

赛马"十分"受伤之后，有一次搭乘的出租车，司机居然是个马蹄专家；还有一次遇到一个自称是夕阳评论家的司机，结果他说的东京最佳夕阳观赏地点，其实大家都知道；还有一次不记得是什么时候了，有个司机提到了"脖子粗细决定命运"的特殊看法。

他说有同业遇到了出租车强盗，背部遭到袭击受了重伤。后来犯人被捕后承认，之前也搭过两三辆出租车，想要动手之际，因为看到司机粗大的脖子而心生畏惧放弃了。

据说被害司机的脖子就很细。

"即使同样遭背后砍伤，脖子粗的人受到的伤害也比较轻，或许他们的运势比较强吧。"

跟我说这件事的司机，他的脖子也像让·迦本[①]一样地粗大结实。从此我一上车，总会下意识地估量一下司机先生的脖子粗细。

平均一天搭乘一次，一年就要搭三百次以上，十年就会跟三千名以上的司机接触。有时短程的距离，彼此之间不会聊天，况且我也不是跟所有的司机都能亲切地交谈，但还是觉得车中众生百态，和司机们的接触很有意思。有时也想记住某位司机先生说的某句话或是名字，但是出租车是种很奇妙的交通工具，一下车便好像踏入不同的世界，早就将车内的事忘得一干二净。随着出租车的离去，记忆也跟着远走了。毕竟不是面对面、直视着对方的眼睛交谈，就算对说话的内容或谈话的对方有所感动，记住的也只是他的背影、肩膀和脖子的印象，事后想要回忆，根本毫无边际可寻。现在我所写下来的，是其中留存在心里面的几位车中绅士的小故事罢了。

---

① 让·迦本（Jean Gabin，1904—1976），法国性格男星。

老鼠炮

岸田刘生①晚年有一幅日本画作，叫做《鹄沼风景》。

大约是十年前吧，我在拍卖会上看见该作品而一见钟情。明知道跟我的身份不相配，却还是很想拥有，就在我坐立难安之际，终于因为喊价输给他人而含泪饮恨离去。

最近又发现了类似的作品，心里面又有声音鼓动自己询问价格，却还是我无法负担的高额。

那是一幅小品的挂轴，好像是刘生醉心于宋元画时期的作品，直立的画幅中有着整面流动的河水，水边是一群戏水的孩童。

为什么我对这幅画如此执著，甚至想动用为数不多的存款买下它呢？当时没有发觉，事后我才雾散云开般地领悟到原因何在——原来三十五年前我看过跟《鹄沼风景》同样的构图。

---

① 岸田刘生（1891—1929），近代日本绘画巨匠，《丽子像》为其知名作品。

那不是风景或一幅挂轴,而是一条黑缎的和服腰带。

当时我住在四国的高松,还在读小学六年级。放学回家路上,我一定会去看看这个地方——那是一间面对马路、有着短小屋檐的房子,没有挂上任何招牌。好像是间做日本刺绣代工的工厂,透过细小木格子的窗户向内看,可以看见四五名绣花师傅坐在木架前穿针引线地工作。

昏暗的榻榻米上,缠在细木筒上的绣线闪烁着,不停地滚动,绣花师傅卖力认真地一针一线绣出马车、牡丹和彩蝶等图案。

师傅们几乎互不交谈,我甚至以为他们是一群聋哑人士。

尤其是坐在最靠窗边的男师傅从来不开口。他那没有光泽的皮肤和阴沉的表情,让我以为他的年纪颇大,但看久了才发现其实是很年轻的小伙子。

他负责绣"戏子图"的黑缎腰带。

那穿着鞋尖翘起的中国鞋、彼此踢着彩球或拿树枝追赶小狗的孩童,生动得令人无法想象是刺绣出来的。我观察他绣花时,他常狠狠地回瞪我。我虽然担心这是因为自己挡到他的光线,但还是受到每天两三个新绣好的孩童图案所吸引,一下课便背着书包躲在窗户边偷看。

他依然常常用力瞪我，但随着日子一久，他会移开身体让我看得更清楚。经过好几天，黑色腰带上布满了玩耍的孩童。某天，我心想今天就要完成了，一路兴奋地转进巷子时，他正好在马路边洒水。

他的身材意外的矮小，相较之下提着的水桶显得很庞大。他走路时肩膀左右摇晃，一条腿是瘸的。

他对着呆立在路边的我挥洒水瓢，泼过来的水量颇大，立刻溅湿了我淡蓝色的夏季水手制服，水滴不断地从裙摆滴落在脚上，我赶紧跑回家去。

第二天起我便不再去看他了。本来走到这条巷子来就是绕远路，放学之后我走另外一条近路回家。

暑假结束了，又是新学期开始。

我突然又想到绣花工厂看看，料想他应该不再生气了吧。可是坐在靠窗位置的已经不是他，而是别的师傅了。绣花师傅们难得边动手边聊天，话语中提到了"葬礼""奠仪"等字眼。从他们的谈话内容得知，那名青年好像中元返乡探亲后，就死在乡下了。

我的脑海中立刻浮现出他那松垮的裤管下萎缩的腿，以及孩童们穿着色彩斑斓的中国鞋子踢球玩耍的健康双脚。他是自杀身亡的，也许是当时读了太多小说的关系吧，我幼小的心灵认定他一定是自杀的。隔天放学后我便立刻回家，最后我还是没有机会看到绣着戏子图的黑缎腰带的完成。

那是父亲调职到鹿儿岛没多久，我就读小学四年级、弟弟读小学二年级的时候。弟弟的同学中有一个姓富迫的少年。由于弟弟个性内向，每次转学都不太容易交到新朋友，但这次很快地跟富迫建立了友情。

弟弟的身材矮小，富迫却比他还小一号，是个脸蛋、眼睛和声音都很小的小小孩，长相尤其像老鼠。

有一次我和弟弟一起放学回家，正要走进房间放下书包时，看见梁上有只老鼠探出头来。我大叫一声："啊，是富迫耶。"弟弟二话不说便拿鞋袋抽我。

富迫没有爸爸，和母亲两人相依为命，看起来生活不是很宽裕，身上穿用的衣物也有些破旧。

父亲很疼爱富迫。他一向很自私，常常强迫我们费心招待工作上的客户，要他招呼我们小孩的朋友便觉得很麻烦，唯独对富迫是例外。也许父亲从富迫身上看见了自己从小不知道生父是谁、靠着祖母微薄收入过活的惨绿少年时代吧。

那是个闷热的季节，不记得是初夏时分还是夏末了。一个星期天，父亲带我和弟弟到吹上沙滩玩，富迫也跟着我们一起去。富迫斜背着一个黑布包，里面装着他的便当。到了午餐时间打开一看，里面只有一颗比他的头还大的饭团，外面裹着海苔。父亲要富迫将饭团让给他，请富迫吃我们家带来的海苔寿司卷，同时还亲自将水壶里面的红茶倒给他喝。

吹上沙滩位于萨摩半岛鹿儿岛市后面的沙丘上。

大大小小的纯白色沙丘一望无际地铺展开来，沙丘的尽头紧连着波涛层层的海浪。吃完便当的弟弟和富迫开始玩摔跤，两人抱在一起顺着沙丘的缓坡慢慢滚落下去。滚落到底下，两人还是一边笑着打来打去，一边拂去沾满光头的沙尘。

父亲笑着望向他们，突然间就拿出了手帕擦拭起模糊的眼镜，看来父亲哭了。

之后没多久，弟弟从学校回家，将书包递给母亲的同时告知家人："富迫的妈妈过世了。"

那一晚，在父亲的交代下，祖母带着我和弟弟前往富迫家吊唁。

整间屋子里只有一间房间。将水果箱翻过来放，上面铺块布巾就成了简陋的祭坛。富迫一个人孤零零地坐在家里，看见弟弟来了马上露齿一笑。祖母开始诵经念佛，跪在灵前双手合十祭拜了好长一段时间。坐在一旁的富迫头顶上方，有一个不知是谁用旧了的书包挂在墙上，角边都泛白翘起来了。

或许这是我有生以来第一次参加守灵夜,尽管我从没有见过富迫的妈妈,感觉却像是很久以前认识的亲友死别一样,有种想哭的心情。之后我们又踩着木板通过泥泞的夜路回家。

直到今天,只要听到守灵夜三个字,我脑海中就浮现在鹿儿岛这一夜的情景。那个没有鲜花也没有诵经、连祭品都无法供上的凄凉守灵夜,如今回想起来反而令人有种清新的怀念。

不知道从什么时候起,守灵夜和葬礼上装饰起冰冷的金银花饰,让祭坛显得热闹缤纷。然而那个祭坛空无一物的守灵夜虽然窘困,却更使人感受到生离死别的意义。之后我们家很快搬离了鹿儿岛,从此便再也没有富迫的消息了。

以前的女校跟现在相比,在气氛上显得十分散漫。然而在战争结束的当时,学校里还依然弥漫着一股紧张的空气。

应美军上缴所有武器的要求,学校将长刀整捆整捆地集中在礼堂存放。前不久还高喊这些长刀是我们女生的灵魂,要是有谁上下倒置或是开玩笑拿来当拐杖使,都会被大声斥责,如今却被捆成一团,像柴火般堆置在地上。

似乎宪兵也觉得接收这些用来玩曲棍球都派不上用场的长刀很困扰，最后校方只好将它们存放在体育用品的仓库中，摆了好长一段时间。

老师们的势力消长也有了新的变化。过去总是低声下气在一旁帮忙工厂动员事务的英文老师取代了走路有风的修身老师，① 带着班长有说有笑地经过走廊扬长而去。

其中只有教西洋史的芹泽老师始终如一。

听说她是寡妇，带着中学生的儿子相依为命，年纪大约三十七八岁吧，有着一副不太像日本人的知性长相，脸上佩戴的眼镜很适合她。以现在的话来形容，算是很酷的人吧。不论是装扮或举止都无懈可击。我最喜欢听芹泽老师在课堂上突然穿插的闲话家常。

我到现在还记忆犹新，有一次在上十字军东征的历史时，不知道什么缘故，她突然提到了前一天晚上她儿子的披肩在澡堂被人偷了的事。

"我儿子的肩膀很塌，假日时走在人群之中，身上的披肩常常会滑落下来，必须很小心。"语气听起来显得相当惋惜。

由于平时老师很难得表现出激动的情绪，一时间

---

① 修身课。日本旧制中小学道德教育学科的名称。始于明治五年（1872），昭和二十年（1945）停止授课，2年后被废除。

教室里安静无声。或许是这个缘故，直到现在有人提起十字军，我就会想到一群带着十字架、身穿华服的少年，只是他们的肩膀都很塌。

我还记得学到航海家达迦马的历史时，因为迦马的发音很好玩，①一群年轻女生不禁哄堂大笑，搞得教室里闹哄哄地吵个不停。

于是芹泽老师用力合上课本，一本正经地教训大家："你们不应该用日文的发音去联想西方人物的名字。这种态度让我无法继续教你们西洋史了。"说完她自己也噗嗤一笑。

这样的老师打起分数来自然很严格，可是相当受学生爱戴。运动会中只要有芹泽老师和别的男老师配对比赛两人三脚的项目，光是一出场便会让学生们高兴个老半天。

那个时候常常临时会有什么检查或是打预防针。有时为了驱除头虱或是预防斑疹伤寒必须喷洒DDT，因此经常看见全校师生在保健室前排队等候。

我忘记了那一次是打什么预防针，当我们站在走廊上等待时，传来了之前先打完针的芹泽老师突然身体不适、现正躺在保健室接受治疗的消息。

---

① 日文中"迦马"与"蛤蟆"谐音。

所有卷起一只衣袖的学生们彼此不安地对看着，议论纷纷地吵着打针太可怕，还是不要打算了。这时别班的班长田村跑了过来，她的身材比其他女生都要高出一个头。她站在走廊中间大声宣布："芹泽老师刚刚过世了。"说完便放声大哭。

老师好像是因为体质的关系休克死亡。走廊上挤满了抱头痛哭的学生们，有些人跑回教室里，校园里一片慌乱。几乎有两三天，大家都无心上课。

我到现在还记得跟我相拥痛哭的青野节子，她是我的同班同学，身材娇小，红色的头发梳着一条老鼠尾巴般的辫子。另外一位松崎同学则是用橡皮筋绑着粗硬如钢丝的黑发，尾端还翘了起来。

有乐町上有一家"桥"咖啡厅。

十五年前，我是这家店的常客。由于白天在出版社上班，傍晚开始帮周刊写稿，闲暇之余还要写广播剧，日子很忙碌。因此这家只要一小时付五十块钱，就能不必看老板脸色而安心写稿的店便成了我的工作室。电视机下面的座位是我的固定位置。虽然很吵，还必须弯着脖子抬头才能看见棒球或摔跤比赛，但跟自己毫无关系的噪音就像音乐一样，我其实并不在意。反而是坐在后面的情侣闹分手了，更会吸引我的注意力，所以我总是一个人坐在没有其他客人的电视机下面撰写兼差的稿子。

这家店雇用了十位女服务生，其中一位十分细心。年约十七八岁、身材娇小的她，会很仔细地帮我添新茶，也能正确无误地传达别人给我的留言。

有一次，我因为工作太累了，忍不住趴在桌上睡觉，结果桌巾上凹凸的玫瑰花样在我脸颊上印下了红色痕迹。她一边忍着笑，一边来来回回地帮我换热毛巾敷脸。

我心想，哪天该买条手帕私下送给她当作谢礼，却突然在某一天的午间新闻中看见成为被害人的她的照片出现在电视画面上。

她是被交往中的男朋友杀死的。电视主播以公式化的口吻说出她被杀害的理由——因为怀孕了而强烈要求对方结婚。当我听到她被勒死后还遭弃置在漂浮着旧木材的污水池中时，几乎无法继续用餐。

我所知道的她，是个笑脸无邪、待人亲切的少女，有说话时身体靠近人的习惯。那双露出在咖啡厅制服底下的细瘦长腿，令人觉得还有着尚未完全发育成熟的幼稚。在她那如同小孩般的扁平胸口里，居然怀抱着如此激烈的心性，看来看人眼光不够成熟的人，是我而不是她。

每次看到女服务生、护士等穿着制服工作的人时，我就会想，在那制服底下每个人都有不为人知的人生故事，所以我总是告诫自己千万不能以偏概全。

家里由于父亲工作常常需要调职的关系，也常常搬家。或许就是因为每个地方都住不久，我们家和扫墓、中元祭祖等活动都无缘。

所谓的"纸马灯笼"，对我来说不过是俳句上的季节用语，只是一些文字性的知识，在日常生活中几乎不曾接触过。

然而有时在因缘巧合下，突然翻阅起记忆的旧账，便会想起：那时发生过这种事呀、原来有过这段小小的缘分、曾经受过难忘的恩惠……思忆起过世的人们。

回忆就像是老鼠炮一样，一旦点着了火，一下子在脚边窜动，一下子又飞往难以捉摸的方向爆炸，吓着了别人。

为什么几十年来遗忘的往昔会在这一瞬间涌上心头？惊讶之余，也能跟早已忘记脸孔和姓名的死者们有一段短暂的会面。这就是我的中元，就是我对死去亲友送往迎来的灯火吧。

小与大

不知已经有多少年没吃过圣诞蛋糕了。

当年以需要工作室为由离开家里,至今已过了十五年。每年到了十二月中旬以后,我这个微不足道的电视剧本作家为了年底的拍戏存盘,必须每天执笔疾书,忙得不可开交,自然跟圣诞蛋糕、圣诞礼物绝了缘。但是走在街头听见《圣诞铃声》的旋律响起,经过西点店看见门口贴着"欢迎订制圣诞蛋糕"的广告,就会想起十七八年前那个晚上发生的事。

我手上捧着一个小小的圣诞蛋糕,在涩谷车站搭上井之头线的电车回家。

当时的圣诞夜有种疯狂的气氛。银座的道路上挤满了不是头戴三角帽、勾肩搭背的醉汉,就是手捧着圣诞蛋糕赶着回家的人们。仿佛没有买圣诞蛋糕和烤全鸡就显得很不入流、很吃不开一样。

当时我在日本桥的出版社上班。

公司快倒了,我又遇上一点私人问题,跟家里面也闹得不愉快。每次晚上回去,看见家中透出来的灯光,总觉得特别的昏暗,必须先站在门口调整一下呼吸,然后才大声喊"我回来了",用力拉开木格子的大门。

此外我买的蛋糕也很小。

晚上十点以后的电车十分拥挤,手上拿着蛋糕盒的乘客也不少,其中我的看起来最小。父亲不是那种会想要买圣诞蛋糕庆祝的人,不知不觉这件事便成了身为家中老大的我的任务。想到爱吃甜食的母亲和弟妹的人数,这蛋糕真的是买太小了。唯一值得自我安慰的是,蛋糕盒外面包的可是银座一流西点店的包装纸。我心想,明年一定要买大一点的,跟着便打起了瞌睡。

那个时候我只要一坐上交通工具就会睡着。大概是因为兼职写广播剧本,每天睡眠不足的关系吧。不过我的身体里面就像是装了一个闹钟一样,快到站时便会自动醒来。

可能快接近终点了,车厢内变得很空旷,只有两三名醉汉躺在椅子上睡得不省人事。我准备下车的同时,怀疑起眼前所看到的景象……

在我座位前面的行李网架上,放着一个特大号的圣诞蛋糕盒,是我腿上盒子的五倍大,而且是跟我买的同一家店的包装纸。行李架下的座位没有坐任何人，显然有人将它忘在车上了。

怎么会有这种事发生呢？没有其他人注意。我心想是否该调包呢，整个人浑身发热了起来，甚至可以感觉到腋下开始冒汗。

不过这只是一瞬间的事，电车已经进站了，我赶紧抱着自己的小蛋糕盒下车。

随着启动的汽笛声响，载着特大号蛋糕盒的黑色电车变成了发光的四方形箱子，划着弧度往三鹰台的方向渐行渐远。我站在空无一人的月台上目送着电车驶离，不禁放声大笑。

不知道是圣诞老人还是耶稣基督，为我制造了这样的神迹。或许这是可怜工作、爱情和家庭都不顺利，只能买得起小小的圣诞蛋糕的老小姐我，所显现的一场余兴节目吧。

刚才喝了啤酒、带着醉意的我笑着喊了一声："圣诞快乐！"

不经意地，泪水夺眶而出。

五年前，我到海外旅行了一个月。

以拉斯维加斯为起点，经过秘鲁、特立尼达和多巴哥、巴尔巴特等加勒比海上的小岛，从牙买加到西班牙、巴黎，一个颇奇怪的行程，而且三分之一都是西班牙语系的国家。

我是个连英语都说不好的人，提起西班牙语，就只会卡门和堂·吉诃德这几个单字。

一进入餐厅便立刻大喊："塞鲁贝莎、乌诺、奇可。"

塞鲁贝莎是"啤酒"，乌诺是"一个"，奇可是"小"的意思。等到送上来一瓶小号的啤酒，再好整以暇地啜饮与观察周遭，偷看其他人吃的菜。等找到自己想点的，才赶紧翻阅日本交通公社出版的《六国语言会话》，一字一句地依样画葫芦说："黛美、洛、密斯莫、凯、阿、阿凯贾、贝鲁梭那。"（请给我一份跟那相同的东西）。

最后如果忘了交代"乌诺、奇可"，到时候送上来一大盘，肯定一道菜就会吃撑肚皮。

说来不好意思，或许是因为我们家有四姐弟，从小我对食物的大小就很计较。这说不定也是受到战乱时期粮食缺乏的影响。

我们四个食欲旺盛的小孩围在餐桌前，瞪大了眼睛盯着母亲如何平分刚蒸熟的玉米面包。

"你们这样子看，妈妈的手会抖，肯定切不好的呀。去拿把尺来！"母亲抱怨着。

如今回想起来，鱼肉片、蛋糕切得有大有小，又能差多少呢？可是拿到大的就很快乐，拿到小的就觉得委屈，于是抗议几句后，跟母亲或祖母的交换，放到自己的前面一看，又觉得还是之前的比较大，这究竟是一种什么样的心态呢？

或许是受到父亲身世的影响吧。

从小出生在不幸辗转寄居不同人家长大的父亲，特别喜欢大的东西。

大房子，大家具，大棵的松树，大型的狗……

在我五岁还是六岁的那年除夕，父亲给我买了一个跟我一样高的键子拍，上面画着漂亮的道成寺仕女图；买给弟弟一个几乎可以当成客厅装饰的华丽大风筝，让母亲和祖母看得瞠目结舌。

我的身上也有父亲那种苦过来的贫贱性格，眼光总是看着上面，虎视眈眈地期待着更大的东西出现。结果到了国外都是特大号的了，却反而大喊："给我小的就好！"

在马德里大广场旁边，有家常去的小店，专门卖站着吃的点心。只要我一进门，服务生便会眨着眼睛笑说："乌诺、奇可。"

我一边想着自己的身材"奇可"，做人也很"奇可"，一边吃着切成"奇可"的蛤蜊派。

搬到新家后，等一切都就位时，最高兴有客人来访。

六年前我买了这间房子，当时觉得有点超乎自己的负荷，但现在只要有客人来访，我反而会拿这个当话题自我炫耀一番。

有一天晚上，女演员M小姐来看我。

带她来的人是悠木千帆（树木希林）小姐。当时我正在写她们两人主演的电视剧本。M小姐——算了，我还是说出她的名字吧，就是森光子小姐。毕竟我们的交情也够深了，她也不是那种小气会计较的人。

森光子小姐一进门便客气地递上礼物，"很小的见面礼，真是不好意思。"

原来她从名古屋录完音回来，顺道来我家拜访，在新干线的电车上买了自己要吃的名产——果然是小得很可爱的时雨蛤。

我看了差点要大叫出声。事实上我的厨房里有一大箱比这个要大十倍的时雨蛤。

住在名古屋的妹妹新盖了房子，由于我包了礼金给她，这份回礼傍晚时刚送到家。我这个妹妹一向以"掐紧荷包"而闻名，大概是因为新居落成心情好吧，还是花光了存款有些自暴自弃，居然变了样大方了起来，送来这么大个的时雨蛤礼盒。

为了森光子小姐的名誉起见，我必须强调她也是个大方的人。她吃过苦，所以很懂得照顾跟她一起共事的伙伴，常常会送花或请吃饭。

但是提起那个晚上的时雨蛤，果然跟这篇文章的标题《小与大》有关。人的一生当中，总不太可能收到几十次的时雨蛤礼盒吧，为什么重复收到时会是如此可笑的情形？我纳闷地忍着笑，陪着她们喝茶闲话家常。

突然间，两位女演员彼此对看了一眼，然后问："我们可以参观府上的厨房吗？"

厨房是我精心设计的，也是我炫耀的重点之一。

我自然站起身来招呼，"欢迎欢迎。"

但马上又是心中一阵惊慌。厨房里那两箱时雨蛤礼盒还像婴儿鞋一样叠在一起，摆在地板上，怎么可以让我们的大明星出糗呢！

"慢点，请让我先去收拾一下吧。"

"大家都是女人，有什么关系呢。"

"不行不行，还是让我先收拾一下吧，拜托。"

我冲进厨房后，立刻将大的礼盒踢进流理台下面。

那一晚，我表现得有些兴奋。

因为一安静下来，我就会想笑，只好不停地说话，一个人拼命地装疯卖傻，以至于现在对森光子小姐总有一股难以抹去的愧疚感。其实这并非是谁的错,但是,森光子小姐,那晚真是对你失礼了。

学生时代我曾经在年终时到日本桥的百货公司打过工。

我负责管收款机,一开始是在五金类的卖场服务。

当我学会了"临时休假"就是上厕所、"请假"就是吃饭的店员暗号,开始对老是敲"汤婆子两百元"的按键感到不耐烦时,就被换到地下室的食品卖场。当时有学生来打工算是很少见,其他店员都很照顾我们这些学生,只要说声"好像很好吃哟",就会有人偷偷地趁着客人不注意时用小木片塞一口卤海鳗或甜豆子给我们吃。

其中只有多福豆不行。

一颗颗又圆又大的豆子闪烁着黑亮的光泽排列在橱窗里,价钱也高得吓人。负责管理整个卖场的中年管理员不时会用眼睛数着豆子的数量,暗示我们他很清楚数目,千万别想偷吃。

有一天下雨了,一名打工的男学生在开店前将卤好的小菜从冷藏库放进橱窗时,大概是雨鞋走在地板上打滑了,竟然将装有多福豆的盘子给打翻了,豆子散落一地。

地板因为雨鞋上的泥水而湿答答的。卖场管理员跑了过来。我一边准备收款机的开机作业，一边紧张万分地看着这一幕。如果全部报废，不知道要损失多少钱呢。就在出错的工读生神情紧绷地想要辩解时，管理员二话不说推开他蹲了下去，迅速将散落一地的豆子捡了起来，放进橱窗里。

开店的钟声响完后，性急的客人陆陆续续走了进来。管理员则若无其事高声喊着："欢迎光临。"

那时萧条的景气逐渐复苏了，市面上开始流通千元大钞。美空云雀初露头角、金阁寺闹火灾，中、小企业破产的消息时有所闻，虽然说粮食不足的问题已经获得改善，然而老百姓的日常生活还是不太稳定。

在今天，这种情况应该不会发生吧？

总之，从此我再也没有买过多福豆了。

每当到了橘子、草莓盛产的季节，我就会在意某些小事，搞得自己精疲力竭的。

我喜欢吃水果，加上家里的客人也多，所以一到冬天橘子、草莓盛产的时节，大都会整箱买来放着吃。可是来我家的访客知道我爱吃水果，登门的伴手礼多半也是送水果。如果收到的橘子、草莓颗粒很大，倒也相安无事。

我会想：收到的比较漂亮，所以不好意思啰，便将收到的水果放进冰箱，端出便宜的"现成水果"飨客，招呼客人的态度也自然亲切可爱。

但是如果收到的是"奇可"，我们家现有的水果比较大，这时如何应对进退就很微妙了。男人在这方面比较大而化之，女人的心情则会受到影响。为了避免对方难堪，聊天无法尽兴，我会先若无其事地比较收到水果的大小，然后思考该端出哪一边的水果出来。连这种琐事都要伤脑筋，我也觉得自己实在太小气了，但天性如此也没办法呀。

一看见食物，就会偷偷比较大小的我，人生已经活了过半，那种大快朵颐的魄力也逐渐消退了，现在似乎有将宗旨改成重质不重量的倾向。

七年前，做完父亲去世后的五七法事后，我们家为前来祭拜的亲友定了鳗鱼餐盒。当时一打开盒盖，我便开始比较起烤鳗鱼片的大小了，真不知道我心里在想些什么！

　　哪怕泪涟涟，也要争分好财产。

这首语带讽刺的川柳诗句真让我笑不出来，我想，我与生俱来的贫贱性格到死也改不了吧。

看来我引用的例子或许太多了。不知道像伊丽莎白女王这种高贵人士，看到一整排的蛋糕或鱼肉时，心里会不会偷偷地比较大小呢？

我不认识什么上流社会的人，不可能请教他们，但是如果将来阴错阳差让我有机会接触，我可一定要问个清楚才行。

海苔寿司卷的两端

走在街上,遇到了远足的小学生们。或许是我的生活跟小孩子无缘,不禁会摸摸他们的书包问:"里面装了些什么?"

"三明治和色拉。"

"巧克力、煎饼和口香糖。"

"两百块钱以内的糖果点心。"

小朋友们七嘴八舌地争相告诉我。

水壶里面装着果汁的人也占了绝大多数。

书包形状和装的食物,跟我小时候已经有了极大的不同。

现在的书包多半都是红色、黄色的尼龙布或柔软的帆布等材质,第二次世界大战前的书包则是用缝上橡胶的粗帆布制的。我的书包是看了就令人想睡的粉红色,背后有个可以挂铝制杯子的铁环,跑起步来会发出"喀啷喀啷"嘈杂的声响。

书包里装的不是饭团就是海苔寿司卷和白煮蛋,顶多再加上牛奶糖。水壶里不是装温开水就是粗茶。

我们家远足时带的便当则是海苔寿司卷。

远足当天早上，一面惦记着天气一面起床，餐厅里已经开始在做便当了。祖母用大得足以怀抱的陶瓷火盆烤海苔，她仔细地将两张黑得发亮的海苔叠在一起烤火，母亲则在旁边摊开竹帘，将前一天晚上事先煮好的丝瓜干铺在上面做成粗大的海苔寿司卷。尽管只是一个小孩要去远足，还是得做全家七口要吃的分量，算起来也是一件大工程。

包好五六卷后，再用湿布擦过的菜刀来切，这时候我就没办法再继续安静地吃早餐了，因为我想吃海苔寿司卷两边切下来的尾端部分。

海苔寿司卷的尾端，丝瓜干和海苔的比例较米饭多，所以特别好吃。偏偏父亲也爱吃这一味，母亲等集中成一小盘后就会端到父亲面前。父亲迫不及待地边看报纸边伸手取来吃时，还会告诫我："路上不准喝生水！""不要随便乱抓不认识的树枝，小心被刺伤了。"

我心里哪管得了这些，常常趁着海苔寿司卷的尾端还没分配给父亲前，刀子一切下来就伸手去抢，害得母亲赶紧斥责我："很危险呀，切到手怎么办！"

结果我顶多只能吃到两三片尾端，心中不免抱怨大人真是不讲理。父亲不管什么东西都喜欢中间，像是鱼板、羊羹都是让母亲或祖母吃最旁边的部分。只有这海苔寿司卷,他也觉得尾端最好吃。

看着母亲用竹帘卷寿司的手势,我暗自希望早点长大嫁人,就可以自己包海苔寿司卷,尽情地享用切下来的尾端部分。后来因为战况激烈和空袭的关系,有一段时期暂停远足活动,不过从小学到女校,前前后后我大概也去过十到十五次的远足。究竟去过什么地方?做了些什么事?三十几年前的记忆早已印象模糊,脑海中浮现的净是远足当天早上家里忙着卷寿司卷的情景。

有一阵子曾流行吸血鬼造型的存钱筒。将钱币放上去,就会发出"叽"的一声恐怖怪响,突然伸出一只蓝色的小手,用不知道该形容是阴险还是残酷的动作将钱币抢了进去。我一直觉得那个动作跟什么很相似,后来才想到原来跟我在远足当天早上,看见父亲从报纸后面伸出手拿海苔寿司卷尾端吃的动作很像。

我不禁好笑了起来,突然间觉得胸口好像喝了温开水一样地温热。父母与子女的关系真是微妙呀,连这种微不足道的小小怨恨都充满了怀念。

小学时班上有个女生N,她是有钱人家的千金,开学日总是穿着黑色天鹅绒的礼服来学校。他们家是两层楼的豪华洋房。我去她家玩时最感到惊讶的,是

N直接穿着鞋子就能走进屋子里。不只是N，连她的弟弟、妹妹和两三只大型犬也都无视于肮脏直接踩在地毯上。地毯上沾满了厚厚一层的污垢，钢琴和窗帘上也都积着一层白色的灰尘。

她那年纪还小的弟弟们，耳背和手脚都皲裂泛白了。尽管穿着高级服饰，仔细一看都绽了线。N没有妈妈，不知去世还是离开了，家里有两三个下人，随便小孩子几点回家、几点要吃点心，都不会说什么。

我们坐在餐厅里吃点心时，N的爸爸回来了。他长得跟他们家养的外国狗一样，有着长长的鼻子，听说是大学教授。嘴上的胡须有一半是褐色的，在身为小孩子的我的眼里，感觉很是奇妙。在同样是灰尘满地的日光室里，鹦鹉发出吱吱嘎嘎的叫声。她爸爸只是瞄了我们小朋友一眼，便面无表情地进房间去了。

不记得是几年级的远足了，坐在我旁边的N一打开便当，便当场掩面哭泣。她腿上的便当盒里只有一整条没切的海苔寿司卷。

不久，N有了新妈妈。后来我听说N是班上最早结婚的人。虽然她表情有些忧郁，却长得很漂亮，我一直以为她的婚姻生活美满，直到最近我才知道她婚后不久就因为罹患绝症而撒手人寰。

眼前不禁又浮现出她那穿着高级黑色漆皮鞋的细

长双脚伸直在青青草原上，带着当时算是很稀奇的热水瓶，里面装着甜红茶，还有那一整条没有切开的黑色海苔寿司卷……

　　我喜欢吃的食物尾端并非只限于海苔寿司卷，就连羊羹、蜂蜜蛋糕也是觉得中间不如两边来得好吃。

　　我们家经常有人送礼，但不知为什么就是不能先尝为快。

　　得先拿来供佛。

　　得等父亲吃过才行。

　　总是有一大堆理由延后了享用的时机，直到找不到借口也没办法拿出来招待客人时，才会下放给我们小孩子吃。这时羊羹的两端都已经化成白色的砂糖，吃起来有种沙沙的感觉，但我还是觉得好吃。

　　蜂蜜蛋糕两端比较坚硬的部分，尤其是底下黏在纸张上面、呈焦糖色的部分最好吃。如果有人粗枝大叶地取下蛋糕，留下这一部分，我就觉得自己有权利跟他要过来，仔细地刮下来享用。

　　鱼板、蛋卷的两端。

　　手工豆腐的边缘，用布包过的较硬部分。

　　火腿、香肠的末端。

　　吐司面包边缘的部分。

直到现在坐在吧台前的位置，看见调酒师在眼前切三明治，毫不在乎地将包有火腿、生菜的吐司面包边切掉时，就觉得好可惜。

坐在寿司店的柜台前也一样。看见寿司师傅正在包海苔寿司卷或花寿司时，我就很想问："尾端要丢掉，还是要留给谁吃呢？"

此外不是尾端的部分，但也是我的最爱的，例如南部煎饼边缘多出来的焦脆部分。

罐头鲑鱼的骨头。

我就是很喜欢这类的食物。

听起来好像很廉价，可是吃时美味可口，吃完却又不会有愧疚感。

朋友嘲笑我：爱吃末梢、尾端，算不算是一种被虐待的情结。也许是我想得太多，我自己的理由却是：因为人生的苦头吃得不够多，所以才要借此更深入地体会人生的滋味。

小时候也很喜欢吃烧焦的东西，或许是喜欢吃尾端的另类发展吧。第二次世界大战前，祖母还在世的时候，煮饭是她的主要工作，因此我早上一醒来，还等不及换下睡衣便会跑到厨房询问头上绑着布巾、蹲在灶前用长火钳拨炭、将灭火壶放进灶里的祖母有没有帮我做锅巴。

"等你数到七,就会有香脆的锅巴了。"

一听她这么说,我才安心地回房换穿制服。祖母会背着父亲将锅巴捏成小的盐水饭团偷偷塞给我。大概是因为她人小却很固执,捏的饭团盐水足够,圆鼓鼓的形状十分紧密结实。

如今回想起来,也许以前的米、盐和水质都比较好吧。用大灶、柴火和铁锅烧出来的米饭,且还是趁热捏成的饭团,味道当然没话说。

以及加上万一被父亲发现了的刺激感。于是我请祖母帮忙把风,好躲在碗柜后面张大眼睛大快朵颐。

吃完饭团,祖母帮我将手擦干净后,我才跑到洗手间旁的小房间探头观望,看见满脸都是泡沫的父亲在母亲的镜台边磨刮胡刀。父亲看我站在他后面,就会故意伸长下巴或鼓起脸颊做出可笑的表情开始刮胡子。

因为偷吃锅巴饭团的事没有被发觉,我便安心地帮爸爸挽起过长的衣袖下摆,免得沾湿了。

喜欢尾端似乎也不只限于食物。看我从小到大拍的纪念照,几乎很少站在正中央,肯定都是躲在最后一排露出一个头来。

进入电影院或咖啡厅时也是一样,我会下意识地往角落走过去。像我这种人就很羡慕那种明明旁

143

边有位置却还是要往中间挤，肆无忌惮地大吃大喝的人。

学生时代玩九人制排球时，我负责支持中卫，所以那时只要右手边有人，我就会觉得不自在。现在已经没有这种困扰了，但如果背后有墙壁可靠，我还是会觉得比较安心。

不过我倒是有两次被迫坐在大厅中间的经验。

一次是十年前我到关西办事时发生的事。那是位于京都一家以狼牙鳝①料理闻名的餐厅，由于记得店名便翻电话簿查号码，预约了午餐。由于电话声很小，我以为对方回答"欢迎大驾光临"便出门前去了。

好不容易找到那家店，心中固然很高兴，但令我吃惊的是，原本以为不过是家小店，结果竟然是高级大餐厅。对方也有所误会，没想到我只是一个女人家来吃饭，有些困扰地表示只剩下最大的包厢还空着。还好一位看似餐厅少东的人见我提着旅行包，便带我前往厢房。

的确是间很宽敞的包厢。

我心想真是糟糕，却又不能打退堂鼓。只好硬着头皮坐下来，开始享用一道又一道端上来的狼牙鳝美

---

① 狼牙鳝，即形如蛇的一种海鳗，主要产于西日本。

食。一名中年女服务生负责招呼我用餐，在我用餐完毕时，她说："我从事这行已经很久了，从没有看过一个女人家坐在这么大的包厢里能够如此自在地喝酒用餐，请问您是什么人呢？"

我总不能回答早知如此就不来了，只好惶恐地表示自己的名字不足挂齿。女服务生又继续说："我想您将来一定会出人头地的。"

这时隔壁包厢的纸门悄悄推开了一厘米，里面有好几双眼睛张望着我。隔壁包厢好像有十几位正在聚餐的中年妇女，可以听见她们用关西腔调在闲话家常，显然她们对我这名不寻常的客人感到好奇。

我很想大叫"我可不是来让你们参观的！"，但既然有人拍胸脯保证你会出人头地，还是别跟她们一般见识了。

或许是被看好的关系，我的心情也格外高兴。不过当厨师和服务生一字排开列队送我到店门口时，坐上出租车的我早已汗流浃背了。

第二次是七八年前，在赤坂一家旅馆闭关赶稿时发生的事。当时因为有全国市长会议，旅馆要求我换到大和室住一晚上。正好我也有些住腻了狭小的客房，所以很高兴地答应了。但等到进了房间，我整个人当场呆掉。

在有五六十张榻榻米大的大和室中央，竖着一道屏风，前面摆着一套日式矮几。如果我是大文豪也就罢了，偏偏只是个刚出道的文字工作者，而且又生性贫贱喜欢尾端的事物。我就像地鼠被丢弃在地面上一样，浑身不对劲，最后决定将矮几拖到房间角落。

可是还是不行。

不是位于角落就能平心静气，必须是狭小地方的角落才行。这么大的和室，就算是躲在角落，我还是很在意整个空间。关上电灯有些阴森可怕，亮晃晃地开着灯则又一片空旷，感觉很不对劲。没办法，我只好站在房间中央做体操，然后摊开棉被试着睡觉，但始终就是睡不好。

脑海中浮现几年前看过的电影画面。那是描写爱弥尔·左拉[①]的传记。左拉因为牵连到德雷休斯事件而穷困潦倒，晚年在书房写作时，吸了太多煤气灯不完全燃烧排放的一氧化碳而意外身故。当时他的书房也很宽敞，而且左拉的书桌就斜摆在正中央。

也许这种位置的书桌摆法能够写出伟大杰作，但

---

① 爱弥尔·左拉（Emile Zola, 1840—1902），19世纪后半期法国重要的批判现实主义作家，自然主义文学理论的主要倡导者，一生创作了数10部长篇小说，代表作为《萌芽》。

毕竟我不是那块料。

接着想到的是写出《蓝色狂想曲》的音乐家盖希文①的工作室，也是一间山庄里的大房间，二十五坪大的房间正中央摆着一架钢琴。

从这两位开始，我不断想象东西方艺术大师们的书桌摆放位置。

托尔斯泰、鸭长明②、紫式部③，不知道他们是在大房间还是小房间里写作的呢？用的书桌是大是小？位置是在正中央吗？还是稍微有点斜放……

我一向认为写作的人的外貌、体格和其作品具有微妙的关联性。此外，也必须考虑其书房的大小和书桌的位置。就这样胡思乱想之际，天也已经亮了，终究我一个字也没写出来。

拿自己跟古今中外的大人物相比诚然有些不伦不类，但是我目前用来写作的书桌则仅是靠在房间角落的墙边，一张很寒酸的小书桌。

桌上有一小瓶的啤酒。

我一边啃着意大利香肠的尾端一边写作。笔筒里

---

① 盖希文（George Gershwin, 1898—1937）美国知名作曲家，《蓝色狂想曲》为其成名作。
② 鸭长明（1155—1216），日本镰仓时期的歌人、作家，代表作为《方丈记》。
③ 紫式部，日本平安时期的女作家、歌人，著有《源氏物语》。

插满了短到不能用却又舍不得丢掉的铅笔……

  我觉得愧对当初跟我打包票、说我一定会出人头地的女服务生，如果她看到我这副邋遢样，一定会大叹看错人了。

学生冰淇淋

记得曾在某本书上读到将冰淇淋带进法国的人是凯瑟琳·美第奇。

据说从佛罗伦萨的一介金融业者蹿起,凭借着谋略权术与毒杀诡计,成为欧洲首富与最有权势的美第奇家族,当他们家的女儿凯瑟琳嫁给法国国王亨利二世成为王妃时,陪嫁的除了一批侍女外,就是这份食谱,这也是今日冰淇淋的滥觞。

美第奇家族也是提倡文艺复兴运动的大财主,或许包含达·芬奇、米开朗基罗等大师都曾经在美第奇家中的沙龙接受过冰淇淋招待。这么一想,在欣赏波提切利名作《维纳斯的诞生》时,总觉得弥漫着一股冰淇淋的香味。这是大家耳熟能详的神话传说,画的是从贝壳里诞生的美女,却竟然呈现出中古禁欲时期所不该有的甜美与清凉的感官性。

从西洋名画一下子跳到我们家厨房,实在过于唐突与失礼。头一次吃自己家里做的冰淇淋是在小学三年级的时候。放学一回家,看见母亲坐在厨房地板上,美人尖的额头上冒着汗珠，好像在做什么不太顺手的事。木桶里面装满了碎冰，中间插着一个水瓶，母亲费劲地用力转动着水瓶，说是冰淇淋马上就做好了，但看着昨天晚上还在浴室里使用过的木桶，实在很难想象从里面会制造出冰凉的点心来。然而当母亲让我尝了一下附着在水瓶外围的淡黄色冰霜时，果然是有冰淇淋的味道。

我们四姐弟一字排开坐在餐厅的入口等待冰淇淋完成。当时我们住在鹿儿岛的城山一带，后山上长满了橘子和枇杷树。山风穿过我们宽敞的家时，总会带来夏季浓浓的香味。母亲气喘吁吁地转动着水瓶，看着她白色和服下的臀部充满韵律地在乌黑发亮的地板上扭动，我心想："妈妈的屁股还真是大呀。"

我甚至记得，当时还很感动地想道：我们四姐弟竟然都是妈妈所生的。

文艺复兴的原文是"重生"，意味着重新确认与发觉自己生命的起源。虽然眼前的景象跟西洋名画差得远了，但从母亲拼命转动水瓶的伟大臀部发觉母爱，或许这就是我精神上的文艺复兴吧。

结果那一天母亲手做的冰淇淋，相对于制作耗费的时间，我们每个人分到的量却是少得可怜。如今每个家庭里都有冰箱，打开冰箱，多少也能发现一两盒冰淇淋。二次大战之前可不是这样，冰淇淋，而且是香草口味的冰淇淋，是要穿上外出服的洋装，到西餐厅或百货公司的饮食部，以戒慎紧张的心情享用的高级食品呀。

——还有装冰淇淋的典雅银色高腰圆形容器。

——跟中村梅子的脸形一模一样的冰淇淋小调羹、旁边添加的威化饼干。以上配件缺一不可，少了任何一样，就感觉冰淇淋的风味尽失。

趁着冰淇淋还没融化，想要尽快吃下的心情和想慢慢品尝美味的心情在内心胶着着。我甚至希望早点长大成人，好一次可以品尝两球冰淇淋，却万万没想到自己在十年后会沿街叫卖冰淇淋。

学生时代打工卖冰淇淋是在昭和二十三年（1948）的夏天。当时因为父亲调职的关系，我们家搬到仙台，只有我和弟弟住在麻布市兵卫町母亲的娘家继续学业。虽然家里会定期寄零用钱来，但是因为当时正值改制新币没多久，我有时也想买些书或看场电影之类的，手上的零用钱自然不够花。

我记得冰淇淋的中盘商应该是在如今的神谷町一带。三十多名工读生先在那里练习如何操作舀冰勺。根据专家的说法，必须舀得外观看起来很密实，而里面其实有些松散，才能够多卖几盒、赚多一点钱。装好冰淇淋之后，老板将一男一女分成一组，让我们带着五十个装好的圆形冰淇淋盒以及装有舀冰勺和零钱的小布袋，说声"加油，好好干吧"，便打发我们出去做生意了。

提起我当时的装扮，是黑裙子配白衬衫，底下穿着帆布运动鞋。外婆怕我中暑和得日本脑炎，在我头上加了一顶割草用的大草帽。这就是我可笑的卖冰淇淋造型。

当老板鼓励我们"加油，好好干"时，我才发觉身为上班族人家女儿的可悲之处。原来从小到大，这二十年来我从没有卖东西给任何人过。和我搭档的男学生看起来也是一样的生活背景，两人只知道站在路边发呆。

光是发呆的话，不仅头顶会热得发烫，而且最重要的是冰淇淋会融化。何况之前专家才告诉我们，这门生意好玩的地方就在于如何将五十盒冰淇淋卖出去，动作太慢的话就只能卖出三十五盒。于是我鼓起勇气，轻轻推开眼前一家好像比较容易进去的人家大门，高声喊着："有人在家吗？我们是工读生……"

还来不及说我们在卖冰淇淋，里面便传来叫骂声："你们给我识相点！"

一个身上只穿着一件已经缩水、松垮短裤的老先生，站在门口生气地打着呵欠，说刚刚已经有许多卖冰淇淋的工读生走了又来，害他根本没办法睡午觉。

听他这么一说，我才发觉冰淇淋中盘商位在坡道中央。因为是盛夏，加上扛着重物，大家自然往下坡走。先出发的人肯定也会走进这户看起来好像很容易推销的人家大门。我们不断道歉后，尽可能选择没有人走过的路开始喊"有没有人在家"地做生意，但还是效果不彰。

我没有什么数字概念，已经记不得一盒冰淇淋卖几块钱，只知道在当时算是高价位的东西。眼看刚开始舀的时候还会沙沙作响的冰淇淋逐渐开始软化了，我的脚步也很自然地往寄居的麻布一带前进。靠着外婆向左邻右舍吆喝，好不容易才卖出一半。

　　近乡情益怯，
　　乞儿不敢入家门。

我才体会到这真是首名诗句。
街头上传来了《银座康康舞女郎》的旋律声。
那时涩谷的松涛一区刚发生过一场小火灾。
隔天一早我便和搭档跑到灾区去。虽然说初生牛犊不畏虎，但想到那一天的举动我还是冷汗直流。

因为我们又被正在收拾灾后家园的家庭主妇给责骂了一顿："你们怎么好意思卖冰淇淋给刚遭遇火灾的人呢？拜托请站在别人的立场想想吧。"

我们一句话也不敢回。

搭档的男学生靠在烧得焦黑的电线杆上，一边吸着很短的香烟，一边喊着："我干不下去了！"

如果沿街叫卖不是很有效率，往往冰淇淋融化的速度要比卖出去的速度还快，结果赚钱的只有中盘商而已。那时我脑中突然闪过昭和电工的热门新闻，一连好几天报上都在讨论该公司员工有没有花好几千块为情妇秀驹小姐买皮包的事。

"我们去昭和电工试试看吧！"

光凭这一点点的认识就想闯进热门话题的昭和电工，想想也实在太丢脸了。人家警卫马上一脸严肃地将我们给赶了出去。第一次出击虽然失败，但我们开始转向景气好的公司进攻，果然开发了不少好客户。我已经忘记其中最捧场的客户叫什么名字了，是位于青山一丁目，目前是心脏血液研究所的一家公司。

我们逐渐懂得做生意的窍门。首先让警卫先生试吃冰淇淋，吃过之后请他介绍我们到总务或行政部门，然后也是先请部门主管试吃，于是对方便答应让我们利用午休一个小时的时间在空车库里贩卖,甚至还帮我们在公司里面广播。那时候大公司还不时兴将办公室迁入摩天大楼里,若是公司附近又没有咖啡厅的话,冰淇淋自然卖得好。手上拿着茶杯、便当盒盖的职员们排队购买,供不应求。搭档的男学生不得不跑回去追加订货再赶着送过来。一位秘书小姐捧着托盘过来,上面放有五个杯子,她说:"这是高级主管会议要吃的,请帮我每个杯子各放两球。"

"谢谢!"突然间,我发觉我们答谢的声音也自然大声了起来。

看来我已经不需要戴草帽了,只要每隔三天利用中午休息时间到老客户那边转转就可以了。我们这一组的营业额几乎是其他组的四五倍。

但是好景不长,终于其他人也开始仿效我们的策略。当我们到老客户那里时,其他组的人已经捷足先登,早卖了起来。有时候甚至还会看见男学生为了抢夺生意据点而大打出手的难堪画面。

我们束手无策,只好再改变战略。边走边思考的时候,居然因为没有注意到交通灯而被警察先生给拦了下来。大概是因为道歉的说法"对不起,因为赶时间……"太草率,反而被认为是态度不佳而被带回警察局。似乎我们一男一女在大白天共提着一个冰桶被误会是情侣了，在国电品川车站旁边的派出所里，一名中年警察对我们滔滔不绝地说教。他的话还没说完，我担心冰淇淋要融化了，于是打断他并掀开冰桶，开始介绍起我们卖的冰淇淋。

他将茶杯洗干净后买了一球，还告诉我们："附近有警察的单身宿舍，你们不妨去试试看。"

甚至还教我们，要是从大门进去的话，负责管理的欧巴桑会骂人，不如从外面敲每一间房间的窗户叫卖。

警察先生几乎都半裸着身子，但很亲切。他们的制服和帽子就挂在墙壁上，毕竟是盛夏的傍晚，每个人身上都只穿着长裤，边搔着肚脐边说："既然是老爹介绍的，那就买一球吧。"

其中一名警察先生还问我们："去屠宰场卖过了吗？"

那时新桥车站前是烤下水等小吃摊的全盛时期，据说都是在屠宰场工作的人们给捧场做起来的。

"现在全东京最有钱的人就是他们。"最后还画了张地图。

我们沿着满是尘埃的马路，朝屠宰场迈进。

屠宰场的人身上有股奇怪的味道，围裙上血迹斑斑。一开始我们有些退缩，但习惯之后发现他们都是很亲切的大哥哥。

说来有些不好意思，在我的人生当中从来没有这么受欢迎过。

"小姐，长得很漂亮哟。"头一次有人这么称赞我，也头一次有人说要跟我拍照，还有人端茶给我，甚至搬椅子叫我坐下来休息。搭档的男生在一旁很不是滋味。为了报答他们，我便帮他们缝补扣子或陪他们玩接球的游戏。

每天都快乐得不得了。

只要动点脑筋就能增加收入，这是出生在白领家庭的我前所未有的愉快经验，能够认识一群素不相识的人们也是一大乐事。

但是我的冰淇淋叫卖生涯只经历了一个月便告落幕。因为外婆写信告诉父亲我在打工，父亲立即捎来限时信要我回家。整件事结束后，才发觉小时候希望一次吃两球冰淇淋的我，居然在打工期间一球也没有吃到。

从东京到仙台搭火车需要八个小时的路程，今日可能连一半的时间都不用吧。在二十五年前，那可是件大工程，一天下来整个人的鼻孔和洋装袖口都给煤灰熏黑了。

尽管不舍,还是停止了冰淇淋叫卖的打工,搭上长盘线的火车回家。对面座位上坐着一名W大学的男学生,一脸愤怒似的在阅读杂志。不久列车长来查票,一不小心我的车票掉落在地板上。他俯身帮我捡起来,因为地板是湿的,手也弄脏了。为了表示歉意,我递出带来的糖果给他,他依然一脸生气地拿了一颗塞进嘴里。

在水户站时,他买了两个冰淇淋,其中一个推到我所在的窗边。

我一面推辞一面说要付钱给他,他看起来更加生气了。没办法,我只好恭敬不如从命。那是个四角形的冰淇淋,上面插了根小木片。吃的时候,我有点想笑。

本来很想跟他说:"你知道吗?直到昨天为止我都在卖冰淇淋呢!"

可是对方一句话都不说,我也不好开口。最后实在忍不住笑了出来,他才稍微笑了一下。

他在平站下车。下车时不发一语地将刚刚阅读的杂志塞给了我,意思好像是说:你拿去打发时间吧。我道谢收了下来,却发现他的神情紧张,手也在颤抖。我心想他大概是内急吧。当时的交通状况很不好,有时连车厢里的厕所都站着乘客。

结果火车启动后,我翻开杂志——不记得是《文艺春秋》还是《改造》了，反正就是那一类的杂志，发现里面夹了一张纸片，字迹端正地写着他的住址和名字。我才恍然大悟刚刚他为什么会紧张得手在颤抖。故事就到这里结束，或许是因为感觉这段缘分跟冰淇淋有关，很长的一段时间里我都将这张纸片放在月票夹中。

记忆像是绽口的毛线，一旦找到了头便能一扯再扯、没完没了。

叫卖冰淇淋的最后那个傍晚，我们抱着还剩五六盒卖不出去的冰淇淋，坐在明治神宫表参道前的马路边。搭档的男同学基于义气也是做到那一天为止。为了纪念生意兴隆，我们决定将剩下来的冰淇淋免费送给看起来顺眼的路人。

就在这时，一名年约五六岁的小女孩抱着一个空锅子经过我们面前，大概是要去买豆腐吧。我们叫住了她，将冰淇淋放进锅子里，还为了怕她妈妈责怪而将事情始末写在纸条上让她带回去。小女孩一副快要哭出来的样子，仿佛被恶狗追赶似的往同润会公寓的方向飞奔回家。

直到写这篇文章时，我才想起：原来我现在住的这间公寓，距离二十五年前我们坐下来歇脚的表参道还不到一百米远呀！

游鱼眼中满含泪

小时候我很不喜欢吃小鱼干。

不是说我讨厌吃鱼或是讨厌沙丁鱼,而是用干草绳穿过鱼眼睛让我觉得很恐怖,看到就觉得眼睛发疼,根本没有食欲。

不记得是几岁了。有一天祖母用火炉在烤小鱼干,站在旁边的我看着四条串成一串的小鱼干问:"它们是兄弟姐妹还是朋友呢?"

祖母一边摇着焦黄的蒲扇,一边用同样烧得焦黑的筷子翻动鱼干:"鱼是卵生的,所以没有父母也没有兄弟姐妹。"

但是或许因为我们家有四姐弟,我总觉得那是四条沙丁鱼兄弟姐妹同时被抓了起来,并排地死在一起。我小声地说出心里的想法后,祖母一边眨着被烟熏得难过的眼睛,一边盯着我的脸,"我看你是书读太多,有点神经衰弱了吧!"

当时还不流行"精神官能症"的说法。

我不觉得自己是神经衰弱,而是不知道为什么从这个时期起,我开始介意起"鱼眼睛"。

祖母是能登人。亲戚中有人从事渔业,所以对鱼类知之甚详,只要问她皆知无不言。

最让我感到痛心的就是T仔鱼。T仔鱼是沙丁鱼的鱼苗,据说是将黏在渔网上的小鱼直接在海边晒干。阳光炙热的话,一天便能晒成鱼干,算是上等货色。想到活生生地在阳光下曝晒而死,我就很同情那些沙丁鱼。仔细一看也会觉得每一条鱼都痛苦地扭曲着身体,眼神茫然地无语问苍天,死状凄惨。或许是临死前的痛苦挣扎吧,有的鱼张开了嘴巴,有的甚至身体断成两截。

我很想问:"是不是鱼在死前也会想喝水呢?"

但是害怕又被说成是神经衰弱而选择了闭嘴。

这么说起来,我也不能接受T仔鱼片。①

T仔鱼片是父亲爱吃的小菜。母亲将T仔鱼片稍微烘烤过后,切成适当大小装在父亲专用的小碟子上则是我的工作。既然我对鱼眼睛过敏,想到居然要面对这一堆黑色的小眼睛,心情便难过得不得了,于是转过头去,好让视线尽可能不要跟鱼眼睛对上。

这却换来了父亲的大声斥责。"你做事时眼睛看哪里!"

我也不喜欢白鱼干。家里只有我一个人的凉拌萝

---

① 将一堆T仔鱼压成薄片的食物。

卜丝是拌柴鱼吃的。虽然柴鱼也有眼睛，但是眼不见为净，只要不将鱼眼睛放在我面前就没事。

一旦对鱼眼睛有意见，吃整条连头带尾的鱼便很痛苦。端上来的如果是生鱼片或切块的鱼肉就还好，若是整条烧烤的竹荚鱼或秋刀鱼则很难下箸。

有时候我会跟着母亲或祖母到市场买鱼。尽管心里想着不要看，视线还是自然地瞄到鱼身上。不管是什么鱼都没有眼睑和睫毛，而是圆睁着黑色的眼珠子。新鲜的鱼眼球透明如水，随着时间经过会变成像邻居中风的老爷爷一样，眼睛浑浊。想到烧煮之后，鱼的眼睛会变白，我觉得不忍心，于是固执地要求大人买生鱼片或是切开的鱼肉块。

如果一条鱼切成两块，我会要尾巴的部分。而像比目鱼这种鱼，黑色的那一面有两只眼睛挤在一起，所以如果要吃头时，我一定迅速地将鱼身翻到白色的那一面才动筷子，至少心里好过些。

"鱼眼球的肉最好吃了。"

看着父亲和祖母忙着夹鱼眼睛周围的肉来吃，不禁觉得他们好残忍呀。偏偏我又特别爱吃鱼肉，害怕看见鱼眼睛却爱吃鱼肉，我这个人还真是麻烦。

讨厌的食物还有"鱼骨汤"。

就是吃完鱼肉后,将吃剩的鱼骨、鱼头熬成汤来喝。由于我的身体一向很虚弱,祖母每次都说鱼骨汤很营养,要我一定得喝掉。我只好闭着眼睛喝完。我想现在一定还有很多老人家会这么做,以前的人总是不舍得丢掉有咸味的东西,祖母连剩在碟子里的酱油都会加点热水喝掉。

春去鸟悲啼,游鱼眼中满含泪。

对于芭蕉大师①实在很抱歉,直到今天我还不太能好好欣赏这首俳句的意涵。

读完这首诗,我的感觉是:

用白色针线将樱花瓣满满地缝在黑布上做成手环与首饰。等到这淡红色、冰冷的花瓣饰品变成了黄褐色,春天也即将结束。

披着紫色披肩上街买菜的母亲回来了。从鹅黄色的盐罐里抓了一把粗盐,涂抹在竹筛上并列的鱼身上。一整排的鱼似乎眼眶都泪湿了。

这时传来祖母饲养的十姐妹的啼叫声。四方形的

---

① 松尾芭蕉(1644~1694),日本古典俳句大家。喜好四处游山玩水,并在行程中记录所见、所闻及感想,因此留下了质、量都极可观的"纪行文学"。

鸟笼就挂在日晒充足的阳台上，周遭地面上散落着十姐妹的小米饲料。

"又到了该换亚麻衣服的季节了，妈。"

父亲很讲究穿衣服，夏季一到每天都穿着亚麻西装上班。

"是呀，洗烫起来很费事呀……"

"那您跟孩子爹说嘛，今年多做几套吧。"

走廊上传来母亲和祖母的对话。眼前似乎可以看见年轻时的母亲跪在走廊边，鼓着脸颊喷出雾水帮父亲熨衣服的身影。

脑海中还有站在母亲背后，身穿亚麻西装、头戴康康帽或巴拿马草帽、拄着藤制拐杖、留着不输给夏目漱石的胡子、神情威严的父亲的身影。

我曾经吃过猴子肉。

那是住在四国高松的时候，所以应该是在小学六年级吧，父亲到高知出差带回家的礼物。

父亲一边责备母亲和祖母的大惊小怪，一边忙着准备做寿喜烧火锅。猴肉鲜红欲滴，十分美丽。我战战兢兢地将肉片放进嘴里，发觉比牛肉或猪肉都甜，肉质柔软，相当可口。

可是咬到一半时，好像嘴里多了什么东西。吐到碟子一看，原来是黑色豆子般的霰弹丸。

"听说猴子中弹后，红色的脸会逐渐翻白，但猴子还是用力抓着树枝不放。直到抓不住了才掉到地面上来，慢慢地闭上眼睛断气。所以有经验的老猎人都不太喜欢开枪打猴子。"

父亲很会说故事。

喝了啤酒满脸通红的父亲看起来就像猴子。祖母一脸厌恶地放下了筷子，母亲则找个借口起身到厨房去，没有人肯动筷子的猴肉火锅就这么在炉子上继续烧着。

我有一个会睡觉的娃娃。

是一个做工精致的大型日本玩偶。肚子上贴着一个用和纸做的发声器，单击就会发出婴儿般的哭声。将它放平躺下，眼睛会咕噜一声闭起来。

脸蛋雪白美丽却面无表情，感觉有些可怕。我尤其讨厌咕噜一声眼睛闭起来的那一瞬间，总是尽可能地将眼光避开。听了猴子的故事后，我将娃娃放进祖母给我的藤篮里。明明是自己将娃娃塞进去的，却又忍不住常常偷看娃娃做何表情。

我也受不了鸟的眼睛。

鸟的眼睛就跟睡觉娃娃一样，下眼睑会上下翻动。因为害怕这一点，我始终无法喜欢金丝雀与十姐妹。

小鸟停在手指上时，细瘦的爪子会用力夹紧。

对于爱鸟的人来说也许不错，我却觉得痛得难受。

饲养猫咪最快乐的是小猫眼睛张开的时候。

小猫出生一个星期之内是看不见的。过了两三天，眼皮张开了，形状像粉红色的日式甜点葛樱一样，不过据说还没有视力。小猫抬起跟身材不成比例的大头，抖动小鼻子拼命嗅着空气的味道。

然而过了一个星期到十天，早上起床去看时，四五只的小猫咪之中，有一只已经睁开一只眼睛。不过也不是张得很开，而是像用雕刻刀轻轻划过一样，如同葛樱里面露出一点的黑色眼瞳。

"原来你是第一名呀。"我很关心这只刚张开一只眼睛的小猫，搔搔它的前肢逗弄它玩耍之际，另一只小猫的一只眼睛也张开了。这似乎跟小猫的身材大小没有关系，也跟聪明才智毫不相干。奇怪的是到了傍晚所有的小猫都张开了双眼。其中最早睁开一只眼睛的小猫有时很可能是最后一个张开另一只眼睛的，因此我才觉得很有意思。

更妙的是，这些刚睁开眼睛的小猫，一旦和我四目相对便会咪咪叫。小猫的身体大小不过相当于大一点的红豆麻糬，在它们的眼里看来，我岂止是巨人格列佛，简直就是大怪兽吧。可是没有人教它们，它们很本能地知道自己的眼睛和我的眼睛是相对应的器官。这究竟是怎么一回事呢？

一个月后，当我睡觉时，小猫就会爬上我的身体，跟我嬉闹玩耍。这时它们会咬我的脚后跟，好像很看不顺眼似的。抚摸它们的小脸也必须留意才行。等到它们长大之后，很明显的就不能再碰触其眼睛四周，它们会伸出猫爪抵抗。关于这一点我始终觉得很奥妙。

有时我到动物园只是为了观察动物的眼睛。

狮子有着一双好人的眼睛；老虎的眼神则显得冷酷、有心机。

熊的身体庞大，却拥有一双深陷的小眼睛，看起来很阴险；熊猫如果去除掉眼睛四周可爱的眼影，不过就是一只普通的白熊。

骆驼看起来很狡猾；大象的眼睛——或许是我个人的想法，总觉得跟印度首相甘地一样，深谋远虑，而且还是那种让人不敢掉以轻心对待的老太婆的眼睛。

长颈鹿的眼睛是正值青春期的高瘦少女，带点羞涩。只是嘴巴在动的牛，眼神显得一切都看开了；马则跟男人一样，眼神哀伤。注定在赛马场上不断奔跑的马匹和场外撕碎落选马票的男人，说不定有着同样的眼神。

就在前不久，某家杂志要我写一篇附插图的散文。

对方表示可以用子女或孙子画的图画来代替，遗憾的是我既没有老公，当然也就不可能会有子女或孙子。

没办法，我只好在出门到银座时顺便去文具店买素描簿和炭笔。三十多年没画画了，我也想牛刀小试一番。刚好在鱼店看到漂亮的竹荚鱼，于是买了一条，同时仔细比较了一下虎头鱼的长相后，最后又买了小鱼干回去。

我想起了小时候曾经害怕看鱼眼睛。如果长大以后还是一样的话，说不定也能跟吉行理惠一样写出风格细腻的诗或文章。只可惜遭逢了战争和粮食缺乏的时代，别说是害怕鱼眼睛，凡是能入口的东西就连南瓜藤也要拿来做菜吃，后来不知道是被锻炼的还是年纪大了的关系，如今看到别人不吃鲷鱼的眼肉，还会主动跟人家要来享用呢。

我心想，人总是会变的，接着便开始写生竹荚鱼。然而怎么看都觉得自己画得有些奇怪，形状的确有竹荚鱼的样子，就是眼睛不大对劲。

太过娇媚了。

眼睛的表情太过了。

有的甚至带有笑意。

我决定放弃竹荚鱼改画虎头鱼，也画了成串的小鱼干。不管怎么画，画出来的都是女人的眼睛。女的竹荚鱼、女的虎头鱼、女的小鱼干，而且这些鱼都跟我长得有点像。

我放弃画鱼，开始画南瓜，心中直纳闷鱼的脸怎么那么难画呢？

我拿出中川政一大师的水墨、胶彩画册《门前孩童》来翻阅。

笠子鱼、沙丁鱼、比目鱼和石斑。

每一条鱼都是鱼的脸、鱼的眼睛。

前面提到了《春去》的俳句，我还必须画蛇添足说个故事。

我有个朋友很容易长鱼眼。①

根据辞典上的解释，鱼眼是脚后跟或脚底的角质层变粗变厚，然后深深嵌入真皮组织造成的。当受到压迫时，会刺激鱼眼内的神经而感到剧痛。

我没有长过鱼眼，但听说好像真的很难受。我的朋友表示：冬天的话还好，等到樱花谢了，不再穿厚毛袜时，薄棉袜实在不足以减缓鱼眼的疼痛。一想到

---

① 即俗称的鸡眼，日文称鱼眼。

那种痛楚，他就毛骨悚然。而且一旦长过就会成为惯性，不管怎么挖掉还是会继续长出来，痛起来的时候，连大男人都会忍不住流泪。而且，鱼眼已经成为那个朋友的代名词了。

听说鱼眼必须用小刀轻轻地挖出来，大小像珍珠一样，有些肮脏，就跟竹荚鱼的眼珠子一模一样。

春去鸟悲啼，游鱼眼中满含泪。

对我的朋友而言，俳圣芭蕉的悲悯之情，直接就发生在他的脚下。

左邻右舍的味道

由于父亲工作的关系，我是在不断转学和搬家的过程中长大的。

光是小学就转过宇都宫、东京、鹿儿岛、四国的高松等四所。尽管经验丰富，每当到新学校报到的早上，小孩子的心情还是很沉重的。

"多吃点饭再去上学，空着肚子会被看扁的。"父亲捧着特大号的饭碗在早餐桌上大发议论，"不要先跟对方行礼，看见他们都弯腰低头了，才可以轻轻地敬礼。"

还说以后会不会被欺侮，在这一瞬间便决定了。说完父亲拿着报纸起身去上厕所，祖母赶紧推了一下母亲，忍着笑说："孩子的爹是在说他自己吧。"

"妈，他会听见的。"

跟我们一样，这一天父亲也将到新单位赴任分公司经理。

母亲带着我到学校报到，穿过走廊往教室走去。学校拿出拖鞋给母亲换上，小孩子则是穿着袜子直接在走廊上走，这一点最让我受不了。

心想着早知道就自己带地板鞋来了，一边还侧着眼偷看墙上贴着的图画、书法等作品，看到书法写得漂亮的我不免心生敬畏地走进教室。站在讲台旁边接受老师的介绍后，听见老师发号施令："敬礼。"

直到低下了头才想起早上父亲的告诫，每一次都没有来得及派上用场。

而家具等行李要比人慢个一两天才会到新家。

以前的时代没有货运车，衣柜外面钉上木条，杯盘则是用小孩子写过的作业纸包好，然后租一台货车运送过来。熬夜帮祖母和母亲整理行李时，发现我最喜欢的红茶杯，上次搬家时打破了一个，这次调职又损失了一个，心情有些难过。看着母亲将包过易碎物的废纸一张又一张地抚平、收好，她或许是想再过两三年又将调职搬离这里了吧。于是乎我也建立了一种观念，觉得不管是土地、事物还是人，最好的交往程度就是离别时不会感到伤心即可。

我想生于某地、长于某地，一生都在同一块土地上生活的人应该会有不同的想法吧。

包含公司宿舍，我们搬过二十几个家，所以回想起家中的格局时，常常把高松的家和仙台的家给搞混了，记得不是很清楚。至于对左邻右舍的回忆，更因为当时还是儿时，记忆已随着岁月逐渐模糊淡去了，不过还是有三四个印象深刻的人物。

小学一年级时我们在中目黑的家可谓是文化住宅（当时对分租洋房的说法）的先锋。正门两边各连着三间格局一样的洋房，表面看起来很漂亮，其实盖得有些简陋。我们家在左侧，左邻住的是小学校长。

当初之所以决定住在那里，就是因为有教育家为邻。以前住在宇都宫时，附近的环境不好，生性贪玩的我整天不读书，让父母十分操心。虽然说对一个才念小学一年级的小女生实施孟母三迁有些可笑，但是想到一对年轻父母为了第一个小孩所付出的关爱，我应该心存感激才对。不过这位校长却是个标准的自由主义者。

"干吗要逼小孩子读书呢？毫无意义嘛。"

既然是专家的意见，我和他们家子女更肆无忌惮地大玩特玩了起来，因此满怀希望的母亲当时应该很难过吧。

搬到这个家的第一个晚上，应酬回来的父亲居然弄错家门，跑去敲校长家的大门。

"喂！我回来了。看来花了二十五块租的房子还算不错嘛。"父亲大声嚷嚷，乔迁之初便搞得鸡犬不宁。

右舍住的是牙医。

不记得他们是来自五木还是群马，男主人出身世家，个性温文儒雅，拥有美丽的妻子和两个男孩。牙医太太经常浓妆艳抹，喜欢穿没有衣领的宽松服饰。而母亲和祖母则习惯穿把自己包得密不通风的传统服饰，不禁担心她冬天会不会着凉。有时下午会传来三味线①的弹奏声，据说她以前曾经当过艺伎。

一天晚上，隔壁夫妻吵架了。

为了要不要出门看戏的事，丈夫大骂："既然那么有空，为什么不先把家里给收拾干净！"

挨打的太太还一脸苍白地隔着篱笆跟母亲诉苦："头痛得有点奇怪。"

隔天一早，我上学出门时看见隔壁牙医打着赤脚站在门口，穿着睡衣茫然地注视着远方，似乎没有听到我向他道早安。

因为这时候他的太太已经躺在床上浑身冰冷了。放学回来时，只见家门口挤满了警察、报社记者和附近的人们。我顾不得吃点心便跑到门口看热闹，却觉得有些不太对劲。居然有人对着我指指点点说："真是可怜呀。"

还有人拿照相机对着我猛拍。看来是因为房子的

---

① 三味线即三弦琴，为日本传统弦乐器。

造型都一样,他们误认为我是发生命案的那家人的小孩吧。我本来想跑回家算了,却又难敌爱凑热闹的天性而留下来看。于是故意很高兴地踢着毽子,摆出一副"我才不是他们家小孩"的样子。

虽然已经过了四十年,我还清楚地记得那一天,身为小孩子的我故作大人样的用心——连我都觉得自己是个讨人厌的小孩,以及一大清早神情茫然站在门口的男主人的模样。那间盖在半山坡,感觉盖得不是很稳固的房子,我始终都没有喜欢过,可是它像个抹不掉的污点一样长留在记忆之中。

高松的公司宿舍,没有邻居。

父亲任职的公司紧邻着玉藻城的护城河,公司宿舍就盖在后面。旁边是海军的人事部,前面是条新修建的大马路,周围是法院和一片空地,几乎可说是没有邻居。

我的书房在二楼,从窗口可以看见海军人事部的中庭,常常有七八个年轻士官在那里练习刺枪术。说是练习倒像是在玩耍,有时发现我在偷看,还会有士官开玩笑地跟我行举手礼,我也会回礼。

其中长得最高的士官十分潇洒,每当他向我敬礼时,我会全身起鸡皮疙瘩。当时我是女校一年级的学生。

那应该是樱花盛开的季节吧。我跟平常一样望向窗外，那个令我心动的高大士官突然抛下木枪，整个人蹲了下去。

如今回想大概是打到了私处吧，他痛得像只青蛙般地四处弹跳。在场的士官全朝着我看，我赶紧将窗户关上。过后不久，由于美军的侦察机经常飞到四国的上空，中庭的刺枪术也就自然停止了。

历史悠久的护城河就在自家厨房和餐厅的窗口外，感觉十分奢侈。

但是冬天寒风强劲，夏天蚊子也多。有时还会突然从流理台的水管跑出吐着信子的大蛇，吓得祖母丢下刚洗好的碗盘，尖叫着冲进餐厅求救。而我则最爱靠在餐厅的窗口眺望护城河。

春天，护城河上水气氤氲，老鼠悠闲地在天花板上走动。夏天的傍晚，下起了濑户内海特有的骤雨，河水像是烧开了一样，散发出闷热的气味。我轻摇着扇子，心中想着：水里的鱼儿应该也觉得热吧。在这餐厅的窗口，我明白了原来水的颜色和味道也有四季之分。

住这儿唯一的问题是家中老鼠太多，大概是从排水沟进来的吧。父亲公司里的工友经常到家里帮忙抓老鼠。

有一次放学回家后,我一边吃着饼干一边眺望护城河时,看见工友拿着捕鼠器走出去。里面抓到一只小老鼠,嘴里咬着饼干的碎片。

"跟我一样的饼干!"心中这么想时,工友已经将绑着绳子的捕鼠器丢进护城河里。过了一会儿拿起来一看,断了气的老鼠嘴里吐出了两三块像甜甜圈一样的饼干碎片,漂浮在水面上,这就是老鼠的临终。我赶紧将正在吃的饼干丢进护城河里,那一段期间我便不敢再碰饼干了。

年近三十起,我才开始陆陆续续从事广播剧和电视剧脚本的创作。离家自己一个人住则是在三十岁过后。

因为一点小事,我跟父亲起了争执,演变成"你给我滚出去""出去就出去"的场面。

老实说,我早就在等待这一刻了。所以若是以前我会当场道歉,但是那天晚上我坚持不退让。第二天,我花了一天的时间找房子,只想带着一只猫搬离家里。正好那天是东京奥运会的首日,我站在明治路旁的小巷眺望着开幕式。

巷子很窄,但眼前看见视野良好的会场,简直令人不敢置信。我心情激昂地看着手持圣火的选手爬上迤长的阶梯。

听说父亲两三天都不说话，只问了母亲一句："邦子真的搬出去了吗？"

有生以来第一次的独居生活，是从霞町开始的。那里号称高级公寓，但名不符实，只是地点位于安静的住宅区中倒是不错。

左邻的大房子门上挂着"T"的名牌，好像只住着一个女人家。女主人喜欢狗，养了一条白底黑点、别名小丑的大丹狗，是母的。那条狗身躯庞大却爱黏人，只要呼唤它的名字"莉莉"，到哪都会跟着走。有一次她跟着我坐进了出租车，吓得司机一脸铁青地冲出车外大叫"快想想办法吧！"毕竟被像牛一般大的狗坐在后面不停地舔着耳朵，大多数人是会被吓到的。

莉莉后来生了小狗。

那位大家都称呼她为"太太"的女主人带我到中庭看刚生出来的小狗。莉莉是冠军犬的后代，早有专家来估过价了，听说最贵的是二十五万，最便宜的也要七万。

说来也很巧，我随手抱上来的就是七万元的小狗。现在它身上的白底黑点比例刚好，但长大后黑色部分会增加，所以价格才便宜。

喊它一声"七万",小狗便会飞奔过来。

我曾经想要买下它,可是顾及房间太小以及巨额的饲料费用,终究还是作罢。

之后一名政治家因为双边得利的贪渎事件而闹得沸沸扬扬,事情爆发后,其他恐吓、逃税,甚至有几个情妇等丑闻也相继被周刊杂志给披露了出来。

我很感慨地读着这则新闻。因为大约在二十年前,我曾经在这名政治家T的办公室当过一天的秘书。

当时我刚毕业,又没什么家世背景,所以还没有找到工作。有一天到担任国会议员T的秘书的同学那里玩。他的办公室就在歌舞伎座后面,不是很大。T看见我就问要不要到他办公室帮忙,当秘书。

"你喜欢赌博吗?"他问。我立刻回答不喜欢。

"很好,我喜欢你。"就这样决定用我了。

他听说我寄居在母亲娘家,就提议不妨住办公室楼上的房间。我在那儿帮忙做些整理剪报和帮申诉民众订便当等杂事,不知不觉也忙到了傍晚。那一夜他邀请了保守派的大老到赤坂的高级餐厅晚宴。

"你也一起过来学习学习。"他二话不说便把我带上了车。

T将车子暂停在数寄屋,要秘书去买晚报,一脸得意地读着关于自己的新闻,可是文章里有些汉字他不会念。

那天晚宴，有大政治家裸身跳舞、冰雕和龙虾生鱼片。敬陪末座的我果然增长了许多见识。当我想先一步告辞时，T在走廊上叫住了我，说着"去买双新鞋"后，便塞了个信封袋给我，里面有五千元。我将钱退回给秘书，穿上鞋子后，他又追上来问我家里有几个人，然后在我腿上放了足够分量的寿司礼盒，说是让我带回家的礼物。

那一夜我写信给在仙台的父亲，表示我很有兴趣，想在那里上班，只要自己作风端正应该没有问题。结果父亲赶不及回信便亲自上东京来找我。

父亲说什么也不同意，硬是押着我回仙台，这件事便没有了下文。

朋友们笑我说："真是可惜，继续做下去的话，说不定你就是他的第五或第六任夫人了。"

有一天在美容院翻阅女性杂志时，看到一篇报道令我大吃一惊。

杂志上刊登了几张他情妇所住地方的照片，其中有一张就是我住的公寓旁边的七万它家。

生性粗心的我，居然五年来毫不知情地跟T家的狗玩耍，跟他"太太"闲话家常。当这件新闻尘埃落定时，T从小菅监狱出来了。

我曾经在路上遇见过 T，他轻装便服地在随行的年轻男子搀扶下散步，脸上像是贴着黄绿色的牛皮纸一样面无表情。

尽管我站在路边直盯着他看，但他应该不可能想起二十几年有一面之缘的我吧。他像个故障的模特儿人偶，动作僵硬地渐行渐远。不久后我搬到青山的公寓时，在报上看到了 T 的讣闻。

我现在的邻居是美国人。住在公寓的悲哀之处就是邻居只是点头之交，彼此没什么瓜葛却也没什么情谊。

但我暗自享受着一个小小的乐趣。

每到傍晚，就能闻到从门缝中飘来邻居家的香味。那是我过去不曾闻过的奶油浓汤或炖肉的味道，里面加了香料。

我闭着眼睛享受美国家庭的美食气味。

兔与龟

只有过那么一次,我在国外迎接新年。

五年前,我在秘鲁的首都利马度过新春假期的前三天,这个都市的除夕可真是壮观。中午一过,所有的办公室会将一年来不用的文件纸张丢出窗外。于是站在繁华的街头,就能看见从高楼大厦所有的窗户缓缓而落的白色纸张如雪片般飞来,蔚为壮观。听说以前连不用的桌椅都能从天而降,但因为击伤了路人才遭禁止,现在只有文件纸张可以丢出。

秘鲁的位置正好跟日本相反,说是除夕,天气却热得像日本的五月。穿着五颜六色短袖上衣的男男女女,高高兴兴地争相探出窗口抛掷撕成碎片的纸张。空中的纸片似乎也很高兴地飘落着,置身于纸片雪花中的路人们也心情雀跃,连拴在印第安土产店门口被当作宠物养的驼马也兴奋了起来,晃动着脖子上的铃铛来回走动,模样煞是可爱。

路上堆满了纸片,政府的清洁车开始出动打扫,看来这就算是这个国家的年终大扫除吧!

也许是因为令人发汗的气温所致,这里不像日本的除夕给人岁末年终的压迫感,也没有苦于度不过年关而举家自杀的气氛。

接近午夜十二点的时候,大广场的扩音器播放出《老鹰之歌》的旋律。我们住在广场前的旧式旅馆玻利瓦饭店,正准备参加除旧迎新的派对,可是同我住一房的泽地久枝女士却停下了手边的动作,打开窗户,陶醉在这哀伤的旋律中。那等于是我们那一年的除夕夜钟声。一时间在异国迎接新年的感伤涌上心头,我们一边收听地球另一端正在进行的"红白歌唱大赛",一边脑海中浮现出围坐在餐桌前享用年菜的家人们。

走出户外,夜晚温热的空气中,朦胧地耸立着西班牙风格的白色石砌建筑。三三五五穿着燕尾服、晚礼服前往赴宴的人,走过又消失在眼前。或许是街灯太少的缘故,显得特别狭长的阴影在来回车灯的照射下,以怪异扭曲的形状映现在石头墙壁上。

当然这里没有装饰在门口的松枝或稻草结绳。凹凸不平的石板路上,散落着白天满天飞舞的纸片,可以看得出来这个国家行事风格的草率。

我们是在第二代日侨刘易斯·松藤的府上吃年糕汤的。

黑色漆器的汤碗装着高汤，里面浮着切成长方块的年糕、海带结、香菇、青菜和烤过的海苔。不知道是因为水质还是酱油的不同，这里的年糕汤喝起来有些微妙的腥味，我没有再添第二碗。仿佛对故国新年的相思情愁全浓缩在这一碗热汤里，心情有些黯然。

在日本，年糕汤之后吃的甜点肯定是橘子，在秘鲁则是仙人掌的果实。

不知道那是什么种类的仙人掌，大小如拳头的鲜绿色果实必须用小刀切开，食用里面青蛙蛋般的果冻状果肉。

据说这东西价格不菲且具滋养疗效，但老实说有股生腥的青草味。

"很好吃吧？"在主人热情的推荐下，我面对整盘的果实努力地挤出笑容，拼命吞咽下肚。

"新年快乐。"第二代、第三代的日侨相继前来拜年，他们的发音夹杂着广岛腔、和歌山腔和西班牙语特有的卷舌音，充满了异国风情。

刘易斯·松藤的小弟，年约二十二三岁，听说还没到过日本。他以不太流利的日语陪我们聊天。当他听说我和泽地女士之后要到亚马逊河上游的小镇伊基多斯观光时，便开始为我们恶补亚马逊河的常识。

他极力推荐到了亚马逊河一定要去看兔子。我问兔子有什么特别，日本也有呀。他却重复强调："是河里的兔子。"

同时打开双手说："有这么大只。"

看起来将近一米吧，而且这种兔子还会游泳。

我问他是白兔吗？他说是黑兔。

我听说过因幡①的白兔，却头一次耳闻亚马逊河的黑兔，而且身长一米，会游水……

我不禁心跳加快。

"这种兔子游水时，一双长耳朵该怎么办？为了不让水淹到，是不是像潜水艇的探照镜一样竖立在水面上呢？"我不禁担心地询问。

"它没有耳朵呀。"

什么！没有耳朵的兔子？我的心脏跳得更厉害了。看来这兔子的种类越来越稀奇了。

"眼睛总还是红色的吧？"我又进一步追问。

这时他才惊叫一声说："对不起，我把兔子和乌龟搞混了。"

原来是小时候第一代移民的祖母睡觉前告诉过他"龟兔赛跑"的故事。他虽然记得兔子和乌龟的单字，但悲哀的是对日语不具真切的语感，所以搞混了。

---

① 因幡，古地名，在日本现今的鸟取县。

看见我们捧腹大笑，他也跟着笑了，嘴里还喃喃自语着："都怪我还没去过日本。"眼神中带着微妙的阴影。

他们应该也听过"桃太郎""坏狸猫""浦岛太郎"等童话故事吧？但是面对着河面宽达好几千米、举头不见对岸、颜色浊黄的亚马逊河，实在无法联想到一个桃子飘过来的情景吧。

"桃太郎""断舌麻雀"等故事中的老爷爷、老婆婆，因为是穿着和服、背着柴火或竹篓，所以才像是传统童话故事。如果穿上西裤，嘴里用西班牙话问："断舌麻雀，请问你家在哪里？"肯定味道就不对了。

"让枯树开满了花。"

洒出烟灰，然后像飘雪一样地漫天飞舞。想象中的这种景象也会因国别而有异吧。他们脑海中浮现的画面应该是像除夕日洒落的纸片一样，大张的纸片把天空都给遮白了。

我深深感觉到，每个国家的童话故事必须用该国的语言、在该国的风土中传唱才有意义。

同时我也开始思索有些人无法拥有跟体内血液相同的语言、有些人生缺少传统的童话故事……

亚马逊河里真的有"兔子"。

我们在伊基多斯的露天市场上，看见许多乌龟的甲壳被翻转过来陈列在摊位上。有些比较大的摊位上卖着切开来的肉块,香蕉叶包装的乌龟肉,一百日币就能买上一大碟。

从伊基多斯飞到利马大约需要三小时的航程。两家航空公司每天各自有一趟班机飞行。在我抵达利马之前,听说南沙航空公司的班机在圣诞夜坠毁了,机种是日本人也很熟悉的洛克西德喷射客机。

只知道坠机地点是在安第斯山脉一带,其他线索全无。秘鲁的报纸上大篇幅报道机上的九十二名乘客没有生还的可能。

如果是在日本的话,现在应该已经开始全国性的搜索活动,电视媒体也对着罹难家属伸出麦克风询问感想。但是在秘鲁好像不是这样,首先搜索机只是义务性质地出来飞一下便结束了。顶多有些好事的美国人以降落伞潜入丛林中,结果反而造成新的罹难事件而成为新闻焦点。

不知道该说他们是看得开还是太冷酷了,以日本人的情感是不太能接受这种态度的。

听了我的想法之后,刘易斯·松藤表示:"那是因为你还不认识亚马逊河。"

而且他反问我:"如果一只发夹掉在高尔夫球场

上,你会想找出来吗?"

亚马逊河流域中的丛林将飞机给吞没了,就算去搜索也是无济于事。

泽地女士和我彼此对看了一眼,心想是否该中止亚马逊河之行。

也许是我们两人心中都有所迟疑吧。但是已经来到了秘鲁却不见亚马逊河而归,将会令人多么遗憾!何况同样的地点应该不会重复坠机两次吧,我们基于或然率和眼见惨剧发生却硬要逞悲壮之勇的奇怪理由,无视于他人的劝阻毅然决定成行。

唯一的一架飞机坠毁,南沙航空公司停止营业。没办法,我们只好跟另一家佛赛航空公司交涉,好不容易买到两张机票。

飞机是有点年份的 YS11 机种。

延迟将近两小时后,飞机终于起飞。我安心地转过头去,看见坐在旁边的泽地女士正忙着翻她的皮包。

她是研究昭和史的专家,写过《妻子们的二二六事件》《密约》《暗历》等大作,个性跟我刚好相反,做事谨慎小心。

飞机一离开地面,我便开始无聊地看着地面的风景。她却拿出笔记簿,开始记录兵险、机场税、住宿饭店的费用、小费等花费,甚至还换算成日币的金额。

就连饭店名称、菜单、见过的人、游览过的观光名胜也都巨细靡遗地写下来。

接着她像变魔术一样地拿出不知道哪里买的明信片，摊开事先准备好的地址簿，开始一一写信给日本的亲友。我偷偷瞄了她一眼，没想到她居然还代替懒得提笔的我，写信给我的母亲。

这时她的样子有些不太对劲。

她从皮包中取出一枚钻戒戴上，然后小心翼翼地在我的腰际展示，一双三角形的眼睛睐得更细，煞有介事地轻声说："有了这个总能派上用场吧。"

她的意思是说：万一坠机在丛林里，将钻戒献给原住民就能免于一死。

又不是冒险阿吉的漫画故事，被头戴羽毛的食人族抓去，正要被下锅煮来吃时，奉上钻戒便能逃过一劫。毕竟整架飞机失事，最后只有我们两个女人获救，这种想法本身就太不切实际了。

因为太好笑了，随着 YS11 的机身晃动，我笑得更加厉害，她也跟着张口大笑。

结果飞机安全抵达了伊基多斯的机场。不知道是机场的设备太差还是机长的技术不佳，着陆时机身摇晃不定，带给我们很不人道的惊吓，但还是停落在地面上。

泽地女士慢慢地摘下戒指说:"还好没有派上用场。"

说完喘了一口气,将戒指小心翼翼地收在银色的布袋里。在回程的飞机上,她也是戴上戒指当作护身符,或许真的有保佑,这趟旅行来回的飞行都平安无事。

直到今天,一有正式的聚会,泽地女士还是会戴上这枚钻戒。

"真令人怀念,这不是那个亚马逊钻戒吗?"我不禁取笑她。

顺带一提的是,当时坠落的飞机里的九十二名乘客之中,只有一名十七岁的少女生还。她是一个人逃出丛林,在距离失事现场约两百公里的地方获救的。我们回到利马时,这位身上流着印第安和德国血统、名叫尤里雅娜·凯普、有着一张野性美脸庞的少女,顿时成了秘鲁全国的大明星。

在机上,我俯视着亚马逊河流域的丛林,一边侧眼偷瞄泽地女士闪闪发光的钻戒,心中十分纳闷:在这种恐怖到从日文辞典都找不到词汇来形容的地方,一个女人究竟是如何活着走出来的呢?

提到新年的回忆,我所想到的是长袖飘飘的和服、新买的布贴画键子拍、压岁钱,还有鹿儿岛掺了猪肉下去煮的年糕汤、仙台掺了生鲑鱼卵的年糕汤。

但就像是百人一首的纸牌中夹杂了一张色彩斑斓的扑克牌一样，有那么一年是在海外的新年景象。

从窗口飘落下来如雪般飞舞的纸片、味道令人伤感的年糕汤、充满西班牙腔的"新年快乐"、青草味极浓的仙人掌果实、将乌龟和兔子搞混了的第二代日侨青年，还有泽地女士那枚闪闪发亮的亚马逊钻戒，这些都是记忆中难以忘怀的画面。

点心时间

"你是吃波波球和威威饼长大的。"

祖母和母亲常常这么对我说。的确，我最古老的零食记忆就是波波球。

那是住在宇都宫的时候，我们家位于军用道路旁。大约五岁的我穿着紫红色的丝织和服，盘着腿坐在自己的小桌子前。桌上摆着一个黑色的木制点心盘，里面有成堆的黄色小球。我一口接着一口吃着波波球，一边从二楼的小窗户眺望对面女校的校园，校园里有一群穿着白色运动服的女学生在嬉戏。

由于我是家中的第一个小孩，个性又很胆小，在上小学前都是吃波波球和威威饼的零食。慢着，我们家一向不求甚解，自创一格，波波球和威威饼的说法真的没错吗？我翻开《明解国语辞典》查证，果不其然。

波罗球（bolo），将鸡蛋拌入面粉，稍微烘烤而成的球状点心。

威化饼（wafers），西式的甜煎饼，烘烤时间较短。

四十几年来，我以为是波波球的点心原来是葡萄牙语的波罗球。我也终于知道威化饼的原文是什么了。文章一开始就说这些，让人有点摸不着头绪。但以下我还是将童年时吃过的点心凭着记忆列举如下。

饼干、动物饼干、字母饼干、奶油夹心饼干、蜂蜜蛋糕、铃铛蛋糕、牛奶糖、奶油糖、新高牛奶糖、古利格牛奶糖、水果糖、茶糖、梅子糖、黄豆饴、柴鱼饴、黑糖饴、麦芽糖、变色糖（又叫"中国石头糖"）、果冻条、金平糖、咸煎饼、甜煎饼、爆米花、苹果面包、树叶面包、芋头面包、冰糖、甜糕、豆沙包、味噌面包、鸡蛋面包、巧克力棒、巧克力片、粗麻花……

一时间也说不完，就到此为止吧。昭和十年（1935）前后，小康家庭的孩子们吃的零食大概就这些吧。

当时我父亲的职位是保险公司的副经理，月薪九十五元钱，而一个红豆面包两分钱。以前的小孩不同于今日，身上是不能带钱的，而且严禁乱买东西吃。放学一回家先洗手，然后坐在时钟前等三点的钟声响。柜子里面放着两个点心盘，红色是我的，绿色是弟弟的，里面大概有两到三种的零食。因为老是觉得时钟的针走得太慢，有一次我还拿楼梯要弟弟爬上去把时间拨快。可是弟弟紧张得全身发抖，一不小心摔了下来，脑袋摔昏了好一阵子。

我父亲做事很传统，这么形容似乎很好听，其实就是凡事都有一套规定，例如报纸就要看朝日的、香烟一定抽敷岛牌、牛奶糖固定买森永。

可是我喜欢森永牛奶糖商标上面的天使图案，却又喜欢明治奶油糖的香味和古利格牛奶糖的赠品。偏偏父亲似乎对古利格牛奶糖怀有敌意，总是很不高兴地表示："买糖果就糖果，买玩具就玩具，又想吃糖又想要玩具，简直太不像话了。"

也许做事一板一眼的父亲看不惯古利格牛奶糖可以随意捏成各种形状的设计吧。

当时最豪华的点心就是泡芙和进口的巧克力综合礼盒。

尤其是家里收到装有大大小小、不同动物造型的巧克力礼盒时，我们小孩子都会紧张得不知如何是好。通常都是身为长子的弟弟先选，身为长女的我排第二。有时贪心挑选了最大颗的大象，结果里面竟是空心的，反而是小颗的狗或兔子才是从头到尾的实心巧克力。这时不管弟弟如何哭闹，父亲也不会答应让他交换。

尽管在经济不甚宽裕的生活中，母亲总有她的本事帮我们四姐弟准备好点心，但我很期待自己能够拿一分钱到糖果铺买零食吃。

我好想喝肉桂汁、橘子水、吃什锦煎饼等零食。有一次记不得我是怎么拿到钱的，居然背着父母玩戳洞游戏中了大奖，得到一颗红色的金华糖和大块的鲷鱼红豆饼。因为知道拿回家去会挨骂并被没收，就放在学校的抽屉里。不料等到上完体育课回教室一看，上面却爬满了一层黑蚂蚁。

香蕉、冰水吃了会拉肚子，所以不准买。爸妈难得带我们到银座，每次买给我们吃的不是布丁就是冰淇淋。棉花糖和棒冰是想都别想的禁忌，理由是"这些零食用的木棒不知道是谁吃过的筷子，谁晓得有没有洗过呢，实在是太不卫生了。"直到十五年后，我寄居在亲戚家时，才头一次有机会在庙会上买棉花糖。买到之后还不敢当场拿起来吃，便请摊贩用报纸包起来准备跑回房间后享用。谁知道半路上遇见朋友，两人站在大热天下寒暄，好不容易打发完对方快步冲回家，打开一看，报纸已经被融化的棉花糖黏得湿答答的，中间只剩下一根染红的木筷子。

不知道是以前的小孩比较不听话还是父母管教太严厉，拿棍子打、关在衣橱里等体罚都算是家常便饭。被处罚的小孩子也不会记恨，不管是挨打还是被赶出门外，当时哭得比谁都大声，但事后转身便忘得一干二净。我虽然没有挨打的经验，倒是被罚过不准吃点心。那时候弟弟心想"姐姐好可怜"，还在门口用铁锤将自己的糖果敲碎分一半给我。现在我们姐弟要是吵架，母亲总是会提起这件陈年旧事，让我顿时陷入心虚与难堪。

说到弟弟，我便想起刚上小学时，父亲帮我和小我两岁的弟弟设计了一张书桌，请附近的家具师傅制作。那名师傅手艺不错，但是因为家中小孩太多，食指浩繁，空荡荡的家里居然连个家具也买不起，搞得两夫妻成天吵个不停。父亲看不过去便给他这笔生意做。

那是一张造型奇特的书桌，体积大得吓人，我和弟弟可以各据一方斜对面而坐。除了抽屉之外，脚边还钉有放书包和鞋袋的架子。绒布椅面、樱桃木材质的椅子，涂上亮黑的油漆，做工很精细，弟弟的那张还做得稍微高一点，想来以当时的价格来说应该不便宜才对。

我想，那是一件从小辗转寄居不同人家长大的父亲将他童年的梦想寄托给长子、长女的作品吧。遗憾的是身为独生子的父亲并不了解"兄弟姐妹"是怎么一回事。

我们只有在父亲面前会规规矩矩的，平常不是为了谁的作业簿超过界线就是为了谁的橡皮擦屑乱飞而大动干戈，最后总是落得另一个人得到餐桌上写功课。

"都怪孩子的爹设计了这么无聊的东西。"祖母和母亲在背后取笑父亲。

再加上身为外行人的悲哀——忘了将小孩子的成长列入考虑，书桌没多久便不能用了。因为椅子和抽屉之间的空间太小，会卡住脚，坐起来很不舒服。

尽管高级却派不上用场的大书桌，在跟着我们搬完第十一次家后才终于被处理掉。

以前每次看到电视上亮光牌书桌的广告时，我就会想起这张父爱结晶的"姐弟大书桌"，然后独自笑个不停。

不记得那是什么时候了，应该是树叶新绿的季节吧。我一个人坐在那张书桌前，一边吃蒸芋头一边翻阅母亲订的杂志《主妇之友》，汗湿的手臂靠在宽大的书桌上感觉很舒服。看着杂志上宫殿下少女时代的照片，心中头一次感觉到这张书桌还真不错。仔细回想，那可是我人生中的第一张桌子。

蒸芋头可说是当时经常吃的点心之一。蒸芋艿和马铃薯的味道也不错，但最好吃的莫过于蒸地瓜。我还能很清楚地记得从锅盖凹凸不平的蒸锅里一边吹开热气一边拿烫手地瓜的情景。

我也很喜欢吃"花魁薯"。

花魁薯的薄皮是淡红色，肉身则是白中带紫，细长的形状一如其名"花魁"，有种温柔婉约的气质。

相反的，"金时薯"则比较大，果肉金黄，形状胖大。不知道是谁命名的，活到这个年纪，我才发觉这两种薯名字取得真贴切。相对的，战争开打时问世的"农林一号"，不仅名字无聊，果肉也水水的不好吃。

说起来也是从这个时期起，我们的点心开始变少了。

零食仅限于干面包和炒豆子的战乱时期结束后，有一阵子父亲迷上了烧糖球。那时他担任仙台店的经理，吃过晚饭之后，我们四姐弟围着火盆坐在一起，父亲便开始烧糖球。这时如果四姐弟没有全部到齐，父亲便会生气，所以母亲得小声央求我们："我知道你们要念书，可是拜托你们出去一下嘛。"

于是我们四姐弟才心不甘情不愿地出去坐好。父亲在他买来烧糖球专用的红铜制勺子里，小心翼翼地放进一人份的红砂糖后开火烧烤。

"这个是邦子的。"听他说话的语气很认真，我也只好尽可能满心欢喜地回答："是。"

砂糖一烧开后，父亲便在搅拌棒前端沾点苏打粉，将勺子从火上移到湿布上，然后开始拼命搅拌。这时砂糖便逐渐膨胀，直到稍微裂出一个开口时，一份烤糖球便完成了。不过这是指做得好的情况，有时糖球膨胀得太快，眼看它突然泄了气又缩回去。这时我们四姐弟就得装做若无其事的样子，好像什么都没看见。

如果太过紧张而稍微大声喘了口气，偏偏烧糖球又在这时泄气塌了下来，就会遭父亲责怪，"不要在紧要关头大声喘气！"

这时我们家最爱笑的母亲一定会找个借口躲进厨房。看见母亲假装洗东西的背影微微颤动，我就知道她又在偷笑了。

我小时候性子很急，始终没有办法将嘴里的糖果含到完全融化，一下子就会被我咬碎吃掉。还记得如果含的是变色球，我会因为很想知道究竟变成什么颜色而边照镜子边含着糖果。

不止是糖果，紧张不安的时候我会咬指甲、铅笔头、三角尺、分度器……连塑料垫板也都被我啃得千疮百孔。听别人说话，对方还没说完我便忍不住插嘴了，读推理小说时也缺乏耐心，常常看到一半便想知道自己的推理是否正确，赶紧翻到最后一页寻找结局。

不过在半年前，我经历了一段住院生活。不知道是因为生病让自己变得有耐心，还是因为已届不惑之年，有一天我突然发现自己可以将糖果含到最后了。总之这种既高兴又寂寞的心情，真是复杂难陈。

小孩子是吃各种点心零食长大成人的。

"说说看都吃了些什么？我可以由此判断你是什么样的人。"

这句话应该是布里亚·萨瓦兰[1]说的吧。我也觉得小时候吃过什么零食跟这个人的精神状态应该不无关系吧。

猫在高兴的时候会向前伸出前肢，据说是因为小时候这么做就能挤压出母奶来。喝到母奶很高兴，久而久之便形成这个本能动作。我们小时候为了什么而喜、因什么而悲？我想小孩子的喜怒哀乐受到零食点心的影响应该很大吧。

回忆中的点心，不论是形状、颜色、大小还是香味都印象鲜明。附着在字母饼干上的粉红色或淡紫色的粗砂糖粒、残留在袋子里各种水果糖的碎屑，将它们集中在手里捏成一团舔食的感觉，不经意地又从记

---

[1] 布里亚·萨瓦兰（Brillat Savarin, 1755—1826）法国名厨暨美食家。

忆底层给翻了出来，脑海中同时浮现出跟我一起坐在阳台上摇晃着双脚吃零食的小朋友。我早已记不得朋友的名字，那天在阳台上晒太阳所看见的风景也模糊不清了……

然而，在这样的光景中依稀可以听见村冈阿姨和关屋叔叔的声音。以前每到傍晚六点就会有儿童新闻，由村冈花子和关屋五十二轮流播报。一听到他们的声音就知道该吃晚饭了。之后是《时事话题》时间，男主播用流利的英语主讲，我觉得这种语言听起来就像是悦耳的音乐。遗憾的是我没有作曲的天分，不然就能仿效海登的《玩具交响曲》，创作一曲我的点心交响曲，不知有多快乐？我对"豆芽菜"实在是一窍不通呀。

我的拾遗集

第一次捡到东西是在我七岁的时候。

住在宇都宫时,我们一家人在赏完樱花的回程途中,下到一家餐厅吃饭,母亲和祖母陪父亲小酌两杯,我和弟弟觉得百无聊赖,便跑到柜台旁边的楼梯下玩耍。

餐厅的天花板很高,空间十分宽敞,刷洗得晶亮的厨房地板上堆积着黑色漆器的高脚餐盘。

所谓的楼梯,不过只是连接几块木板的构造,由下往上看,透过木板与木板之间的缝隙可以看见走下楼梯的女服务生的白色袜套和小腿肚。就在我抬头看时,头上掉下来一个钱包。大概是喝醉酒的客人在女服务生的搀扶下准备下楼结账时掉落的。那是一个男用的大钱包。小我两岁的弟弟捡起来后,目瞪口呆地看着我。

文章开始便提起如此幸运的经验,但是我的偏财运就到此为止,以后不是专门掉东西就是捡到一些有的没的奇怪失物。

提起我掉过的东西，首先是现金，还有两个皮包、怀表，其他就是雨伞和手套之类的。至于我捡到的失物，包含猫狗，顶多就是月票、婴儿的毛线袜等零碎小东西，虽然没有计算过，数量倒也不少。

女校读的是四国高松县立第一高女，就读不久后便在运动会上捡到一条头带，上面写着五年级学姐的姓名。

按照学校规定，应该将失物送到办公室才对，可是当时盛行军国主义思想，想到学姐弄丢了象征日本女孩的头带，肯定会遭到处分，于是决定在两三位同学的陪伴下亲自送还给本人。

失主是个肤色白皙、身材高大的女生，我看过她早会时在前面发号施令的样子。她梳着一条粗大的长辫子，就像神社挂着铃铛的绳子一样粗。不论是胸口还是下围都很丰满，在我们瘦弱的新生眼中已然是个耀眼的成熟女性。

过了不久，有一天上完体育课，我正在洗脚台洗脚时，突然有人从背后拍我的肩膀，原来是日前丢头带的那位学姐。她向我道谢并问导师是谁之类的小事，忽然俯下身靠近我说："帮我拔掉。"

因为她很小声地说，一时之间我以为听错了。她又说了一遍，并将自己的下巴靠得更近。

在她的嘴边很突兀地长了一根约两厘米长的黑色汗毛。

当时父亲将他的家庭农园中的一小块地分给我，我种了花生和茄子等蔬菜。曾经拔过野草，也帮祖母挑掉白头发的我，却从来没有想过在女校的校园里帮学姐拔胡须。虽然很想逃跑，但学姐的手抓住了我，跑不开。也许我就像是鬼上身一样，无法动弹。

眼睛闭上的学姐额头冒着汗珠，身上有点狐臭。我屏住呼吸，用力扯了两三次，好不容易才扯了下来。

"下次又长我再让你拔！"学姐说完像鸽子般咯咯一笑后便转身离去了。

洗脚台旁的秋千，不知道是谁碰撞过，明明没有人荡却摇摆不停。我一边后悔当初为什么要拾起那条头带，一边很仔细地将手脚洗干净。

那一阵子我成天都在烦恼，不知道下次该用什么理由拒绝她，那根胡须长出来还要多久的时间？不久父亲调职的消息确定了，我也要跟着转学到东京的女校。

我到办公室领取这一学期的成绩单和插班考试需要的文件，在导师的送行下一起走到校门口。经过学校前面的烤番薯店时，却突然停下脚步，因为想到没有跟学姐说一声便离去有些不太好。

　　为了避免遇到刚刚湿着眼眶跟我挥手道别的导师的尴尬，我故意绕道从后门进学校，来到学姐教室的门口张望。当时正值期末大扫除，她踏在椅子上在擦洗黑板。粗大的长辫子在穿着灯笼短裤和运动服的背影上摇来晃去。我没有叫她便离开了。一边摸着扶手一边慢慢地下楼，心中充满了只读一学期便离开的悲伤。

　　在日本桥的出版社服务不久，该出版社又开始招收新的女性编辑。因为该出版社出的是烹饪和电影类的杂志，许多人大概以为可以看免费电影吧，应征的信件如雪片飞来。我被叫去帮忙征人考试的善后处理，在现场捡到了一只黑色皮手套。令人惊讶的是，那只手套跟我四五天前在电车上遗落的手套一模一样。

　　没有比掉了一只手套更令人生气的事了。因为价格不菲，舍不得把另一只给扔掉，而是小心收藏了起来。我很庆幸自己没有太过心急。

　　我将手套送到事务课并跟课长说明原委，请他答应万一失主没有来认领，就把手套送给我。之后我每天都到事务课确认手套是否安在，有时还帮出版社里最高龄的事务课长按摩肩膀或买点心请他吃。辛苦总算有了代价,那只手套送给了我。我兴高采烈地带回家中一试,却很失望。原来我遗失的是左手手套,而我捡到的那只手套却是右手的。

前面提到说我掉过两个皮包,其实应该还有一个。只不过不是遗失的,而是失手掉进了马桶里。

涩谷车站旁边有家名叫"豚平"的小酒馆。老实说店里不是很干净,但因为它独特的气氛,而成为作家和电影从业人员聚集的场所。我是在电影评论大师的学长带领下,来到这里滥竽充数,小酌几杯。也就是在这里的厕所掉落了我的褐色的皮包。

那已经是二十年前的往事了,所以当然不是冲水式的马桶。

当时觉得很丢脸,本来想掉了就算了,可是里面装有刚领到的薪水、月票、必须给其他作者的稿费等,不得已只好回到座位小声地说明情况。这时店里面所有的客人都站了起来,你一句我一句地表示同情并提议一起帮忙捡。每个人都轮流跑进厕所看,然后出来讨论如何将皮包的背带勾起来。我站在马桶边觉得既丢脸又很对不起大家,醉意早就烟消云散了。

小酒馆的厕所和店面只隔着一扇木门。由于大家进进出出,开门关门的,店里面弥漫着一股厕所特有的气味。远处座位上有人看见我缩着身子局促在一隅，便安慰我说："这家店本来就有些尿骚味，你不必在意。"

不久皮包被吊出来了。

"吊起来了！吊起来了！"有人欢呼，有人拍手，有人高喊干杯。不认识的人将一杯酒送到我面前。店里的服务生用竹竿吊起我的皮包，拿到当时还没有填起来的河边，不断用水桶舀河水清洗。

于是大家又能安心地继续喝酒了，我却觉得坐立难安。因为旁边包着塑料袋的皮包还是隐隐地发出臭味。由于在坐的都是绅士，没有人开口抱怨，但是很明显大家的话题越来越少，我只好先一步向大家告辞。

我向同行的人借了车钱，搭上出租车而去。虽然时值初春时节，夜晚却有些寒冷，可是我还是打开了车窗，将包着皮包的塑料袋伸出车窗外。车子经过明治大学前时，年轻的司机先生语带乡音地感慨说："东京果然人很多呀。"

他吸了一下鼻子，点燃一支香烟后说："连淘粪也等不及到半夜再做！"

那一晚，我将皮包挂在窗外的枫树枝头上才去睡觉。隔天早上直到唠叨的父亲上班后，我才在院子里摊开皮包里的东西。口红、粉饼、手帕全毁了不能再用。我是个都市里长大的小孩，没有下过田或施过肥，不知道水肥的威力这么强。我一边后退，一边感叹着"难怪农作物会长得好"。其他东西都得放弃，只有钱不行。我用塑料袋将弄脏的钞票包好，拿到位于室町的日本银行交换。这是豚平里的一位客人教我这么做的。

跟门口的警卫说明来意后，他面不改色地大吼一声"X号窗口"。到了指定的窗口一看，不禁大吃一惊——果然如同昨晚司机先生说的一样，东京的人真多！我还以为只有像我这样的粗心鬼才会将皮包掉进马桶，没想到眼前竟有三十几个人在排队等候换钱呢。

当然不是每个人都是拿变黄的钞票来换，半数的人是因为火灾烧坏了钱币。

叫到名字时，我来到窗口，看见穿着白色上衣的行员戴着大口罩，用夹子将钞票一张一张地排列在像是炸东西时使用的铁丝网上面。

确认过金额后，他换了一叠新的纸钞给我。我献上敬礼后离开了银行。

一个深呼吸，我将干净的空气吸进整个肺里，然后走进马路对面的三越百货，用刚换来的新钞买了米歇尔的口红和钱包。结果那个钱包在三年后也遗失了。

提到钱包，我曾听父亲说起一段往事。当时他白天在保险公司当小弟，晚上还要到虎门的大仓商工攻读夜校。他的租处在商业区里，附近有一位作风海派的中年男子。

男子没有结婚生子，一个人自由自在地生活。他说是卖股票赚了钱，常常请穷学生的爸爸吃碗面或馄饨汤，而且拿父亲当儿子一样疼爱，有时还会趁父亲不注意时在他钱包里塞点钞票。

有一天，那个男子不在家，父亲只好进去客厅坐着等。当时他一不小心打翻了火盆上的水壶，打开柜子想找布来擦，却发现柜子里塞满了空的钱包和皮夹。父亲心想不对，又拉开抽屉一看，两个抽屉里也都是满满地塞着钱包。父亲这才知道男子是个扒手。

父亲做事一向很谨慎，从来不曾遗失过东西。只有一次，半夜回家在门口按着西装口袋喊："奇怪，我的薪水袋哪里去了？"

出门迎接的母亲说话速度一向很慢，这时却像黑柳彻子小姐一样，语调急促地逼问："掉在车上了吗？"

她一把推开呆立在门口的父亲，跌跌撞撞地冲到外面。脚上穿着袜套从玄关跑到五米外的大门口，又跑到二十米外叫住正要发动离去的出租车，仔细地翻遍了车内。

结果是父亲记错了，薪水袋其实是放在别的口袋里。然而年轻时自夸有双快腿，自我介绍时还会得意地强调"敏雄的敏是敏捷的敏"的父亲居然任凭母亲一把推开，只知道呆立在一旁，反而是一向被父亲骂动作慢、笨手笨脚的母亲冲得比谁都快。

我在学生时代也曾参加过田径队，对自己的速度很有自信，但我想应该比不过那一晚母亲的速度。这么说来，我想起有一次母亲在空袭期间，眼看着火势快要延烧到家里了，她拼命想从外面将遮雨板拆下来，结果遮雨板掉下来，她抱着那块遮雨板跳到两米远的柔软草地上，居然面不改色。之后我们也尝试着模仿，却发现这根本不是常人所能办到的壮举。或许因为是在空袭期间才有可能的吧。这个暂且不谈，母亲每个月从父亲手上接过薪水，然后就必须肩负起照顾四个成长中孩童的六口之家的伙食，也许就是基于这份责任感让她夺门而出的吧。那一阵子，我们家餐桌上常提起"妈妈马拉松"的话题，这时父亲肯定会摊开报纸遮住脸，假装在看报纸。

前不久我去参加庙会，玩了一下好久没玩过的"掷不倒翁"游戏。那真是令人怀念的投掷游戏，虽然我很努力地瞄准，却投不到不倒翁或是怪兽，反而把自己的领巾给弄掉了。照这样子看来，今后我一定还会掉东西。仔细想想，除了钱包、手套之外，我应该也遗失或拾起过许多眼睛看不到，甚至是更宝贵的东西。这些东西一旦遗失了便找不回来，取而代之的是增加了一些人情或知识，但这时总不会有人说是顺手牵羊吧。

昔日咖喱饭

人的记忆究竟是一种怎样的结构呢？别人的我不清楚，但我的记忆似乎总是跟食物重叠。例如"东海林太郎与松茸"。

那是五岁或六岁的时候吧。

深夜，家里突然来了客人，于是祖母牵着我的手出去买松茸。我们用力敲打蔬菜摊的玻璃门，请人家开店。我还记得在昏黄的灯泡下，祖母很仔细地检查松茸根部有没有遭虫咬，而我听见了不知道是收音机还是路上走过的醉汉唱的，东海林太郎的歌曲。

连歌词我都还记得。

嗨，老大哥，我又来了。
明亮的灯光可不是我放的。

直到今天，我还不知道这首曲子的曲名是什么，也不清楚歌词的前后文，只觉得是首跟警察有关的歌。我生性散漫，从不曾想要查证清楚，或许就连我所记得的歌词也可能是错的。我这个人甚至连《田原坡》的开头歌词都误会是"大雨淅沥沥,跛子湿淋淋"。

当然"人马①湿淋淋"才是正确的。但我的脑海中出现的画面却是瘸着一条腿的武士。

想象中,一群落败的武士走在两旁都是竹林的陡坡上,其中有个年轻武士脚受伤缠着布条,歪歪扭扭地拄着长枪赶路,无情的风雨拍打在他身上……小时候的我每次听到这首歌都悲伤得想哭。

　　千里路遥翻越不过这田原坡。

最近我将这件事说给作词家阿酒悠先生听,他听了捧腹大笑,几乎挺不起腰来了。

还有一个记忆的组合是"天皇和咖喱饭"。

半年前,我在电视上收看天皇夫妇陛下的记者会转播,突然忆起一件往事。

也是一个冬天的深夜,年纪还小的我独自一人关遮雨板。院子里一片漆黑,感觉好像有什么东西躲在假山和石灯笼附近。我很想赶快结束手上的事情,可是遮雨板还有好几片,有时会卡住,没办法顺利关上。

走廊上也很昏暗,收进屋里的竹竿上还晾着翻了面的白色、黑色袜套,还没干透便已经冻僵了,脱绽

---

① "跛子"与"人马"日文发音相似。

的线头硬邦邦地摇动着。空气中传来咖喱的香味。

"说了那种不该说的话,你今天晚上不准吃饭!"

我是说了不该说的话,但毕竟我只是个小孩子,说的也只是"这个叔叔长得好奇怪哟"之类的童言童语。但是生性保守且脾气暴躁的父亲却不能接受,因为他很敬爱天皇,觉得我有辱圣上。尽管祖母和母亲出面说情,父亲还是罚我不准吃晚饭,同时得关上所有的遮雨板。

我最爱吃咖喱饭了,所以觉得很可惜也很伤心。听见餐厅里的收音机不断重复"里宾特洛普"的字眼,我含着泪跟着喃喃自语着"里宾特洛普、里宾特洛普"一边将遮雨板关上。

里宾特洛普是当时德国外交部长的名字。我想"天皇、里宾特洛普、咖喱饭"这个字符串,大概只有我知道有什么意义吧。

好像在这种情况下,等父亲晚上酒醉睡着后,被处罚的小孩就会在母亲和祖母的安排下吃着一个人的晚餐,但我已没什么印象。

从没听过杜鹃鸟、锦蛙和皇后陛下的声音。这是我经常说的笑话,意思是说皇后陛下难得开口。从她丰满的脸形和气质来判断,我一直以为她的声音应该是跟东山千荣子①一样吧。结果听到她开会致辞时低沉沙哑的声音,比起三姑六婆的闲话家常也好听不了多少时,我不禁有些惊讶。

要是七年前过世的父亲听到我这么批评,不知道又会说什么?

"什么三姑六婆,乱说话。就算是时代不一样了,有些事还是不能乱开玩笑的。瞧你这副德性,不管活到几岁肯定都没有人要的。今晚你不准吃饭!"

大概就是这样吧。

小时候最恨爸爸的坏脾气,但他过世之后反而怀念他。或许是这个缘故吧,咖喱饭的香味似乎总会伴随着父亲生气的模样,就好像附在饭旁边的福神酱菜一样。

小时候我们家的咖喱饭一定分成两锅煮。大铝锅里装的是全家吃的,小铝锅里则是装"爸爸的咖喱"。爸爸的咖喱肉比较多、颜色也比较深,大概是煮成适合大人吃的辛辣口味吧,所以父亲的位置前也多放了一个水杯。

父亲凡事讲究,若是没有享受到特殊待遇就会很不高兴。我想是因为从小家境不好,他凭着高小毕业

---

① 东山千荣子(1890—1980),著名女演员,以演温柔的母亲角色闻名,代表作如小津安二郎导演的《东京物语》等。

的学历一边苦读一边从保险公司的小弟做起，年纪轻轻便当上分公司经理。为了不让人看轻，才会这么强出头。就连在家里也不屑跟我们同桌吃饭，而是自己一个人使用冲绳漆器的高脚餐盘。

我曾经非常希望自己快点长大，就可以边喝开水边吃咖喱饭。

也许对父亲而言，另外熬煮的辛辣咖喱、水杯、个人专用的金边餐盘等，都是确立权威的一些小道具。

用餐的时候，父亲常常骂人。

现在回想起来，还真佩服他每天晚上能有那么多事惹他生气。晚餐桌上是他对妻子和子女训诫的场所。

因为喝了酒，和吃特别辛辣的咖喱饭，父亲的脸越来越红，汗珠不断冒出。他一边加着咖喱酱汁一边唠叨骂人，不时还要指使母亲帮他倒水、添加红姜丝、擦汗。

大概是因为旧式咖喱里面掺了很多面粉，眼看着母亲面前的咖喱冷却后结了一层膜，上面有些皱纹，孩子的心里总觉得有些悲伤。

父亲一旦开始生气，我们小孩子的汤匙——不对，当时的说法不是这样，我们就会小心使用调羹，避免碰撞盘子发出声音来。

唯一一个不用调羹的人是祖母。为了避免吃相难看，祖母很辛苦地用筷子扒咖喱饭的模样也让我印象深刻。

我们家餐厅里的灯泡不知道是几支光的,有些昏暗,外面套着绿色人造丝的灯罩。我看见灯罩上有些灰尘,心想万一被父亲看到了,母亲肯定又要被数落一番了。

穿着白色围裙洗东西的母亲,双手显得红肿,手上总是缠着两三条橡皮筋。当时橡皮筋算是贵重品。

安静无声的餐厅和咖喱饭的记忆,应该配上什么样的背景音乐呢?

"东山三十六峰,丑时三刻草木皆眠……"我的耳中似乎传来这样的歌声。

是当时流行的歌曲,还是童年时候随着餐桌上的紧张感不知不觉记住的歌词?我自己也搞不清楚了。

到目前为止,我吃过不少种咖喱。例如在目黑油面小学校门旁边的那家面包店,曾经背着母亲买来吃的咖喱面包;还有进入出版社服务,经常在加班时到日本桥的"大明轩"和"红花"享用的咖喱;以及银座的"三笠会馆"、承蒙户川江马老师招待的"资生堂"等,都很美味可口。最后我还要举出在曼谷街头买的一碗才十八元日币,里面有鱼膘的咖喱,滋味令人难忘。

然而提到我这一生中遇到最奇怪的咖喱，要算是女校一年级时在四国高松吃过的那一餐吧。

当时原本在高松分公司当经理的父亲已经调回东京总公司，刚就读县立第一女高中的我必须等到第一学期结束才能转学，因此借住在茶道师傅家中。

大概是从家里厚重的东京口味变成别人家清淡的关西口味吧，加上菜量也不足，总觉得吃不饱。因为父亲工作的关系，家里常收到一些礼品，丰富了餐桌上的变化。从小生长在这种家庭的我一时间当然难以适应茶道师傅家里的粗茶淡饭。

师傅家里的老奶奶或许是看穿了我的不满，对我说："想吃什么就说吧，我做给你吃。"

我回答："咖喱饭。"

于是老奶奶拿出了柴鱼刨刀，二话不说便刨起了柴鱼片。

我从来没有吃过那么奇怪的咖喱饭。

用柴鱼做高汤，加上洋葱、红萝卜和马铃薯，调上咖喱粉后，直接倒在饭碗上面吃。

老奶奶大概看我不是很喜欢，柴鱼咖喱饭出现这么一次便告落幕。

住在师傅家的第二天一早，我从二楼下楼梯时，不小心打翻了牙粉罐。正好那天要考试，我急着早点去学校，偏偏拿水桶、毛巾擦了好几回，楼梯上粉红色的污渍就是擦不掉。如果是在自己家，喊声"妈，麻烦你了"就没事了……我十分委屈地深深感受到寄人篱下的痛苦。

除了我之外，另外还有一位初中一年级的学生也寄住在这里。他是小豆岛一家大药铺老板的儿子，对了，好像是姓岩井吧，小头小脸的，很逗趣的一个男生。

我把家里寄来的巧克力、牛轧糖等当时算是贵重品的点心分给他吃时，他会告诉我各种"成人话题"。

比方说他曾经压低声音告诉我晚上药铺打烊时，会有艺伎跑来买打胎的药。他还决定以后要娶艺伎当老婆，而且再三保证："我一定不会娶向田你的！"

听说他是长子，应该得继承家业吧。不知道是否贯彻了少年时的大志娶了艺伎为妻呢？自从那之后他就音讯杳然，令人十分怀念。

有一次我差点被咖喱饭给噎死。大概是饭粒卡在气管里面，无法呼吸，小孩子的我立刻想到"完了，我快死了"。

以大人的眼光来看，这根本只是小事一桩。母亲让我趴在榻榻米上，用力拍我的背，还一边有说有笑地继续聊天。

所以有一阵子我还心存怀疑地跟朋友说："我妈妈是继母。"

小孩子就是会胡思乱想。

现代咖喱饭和旧式咖喱饭有什么不同呢？

有人说，咖喱和饭分别用不同的容器装是现代咖喱饭，直接将咖喱倒在饭上就是旧式的，但我不认同。

我觉得付了钱在外面吃的是现代咖喱饭。

在自己家吃的是旧式咖喱饭。严格来说，小时候吃的、母亲亲手做、掺有许多面粉的才是旧式咖喱饭。

家里也煮过寿喜烧火锅、炸猪排，为什么就是觉得咖喱特别好吃呢？

我想是因为咖喱特殊的香气迷惑了小孩子的心灵吧。

而且记忆中，我们家的咖喱香肯定融合了父亲的叫骂声和我们在昏暗的餐厅中战战兢兢吃饭的情景。明明不是合家团员的欢乐气氛，却不知为什么反倒更加令人怀念。回忆真令人难以捉摸！

和朋友闲聊时，提到了什么东西最好吃，当时一位以精明干练而闻名的电视制作人低吟了一声说："我妈妈做的咖喱饭吧。"

"是那种肉切得很碎，还加进面粉凝固的吗？"

"嗯……"回答时他的眼眶泛红。

我心想：原来不是只有我一个人这么认为。

然而那个时代的咖喱饭真的好吃吗？

年轻时我读过一则外国船员的故事。那是海上航行还需要依赖星座位置、罗盘针来辨认方位的时代，船员经常跟伙伴提起他的少年时代。

他说："在故乡小镇上的蔬果店和鱼店之间有间小店，我经常抚摸着里面陈列的外国地图、布料、玻璃饰品等就能玩上一整天……"

结束漫长的航行，多年没有返家的船员回到了故乡，也回去看了那家小店。可是在蔬果店和鱼店之间并没有什么小店，只有一个仅能容纳小孩子坐下的墙缝。

我想我的咖喱饭就像是那个墙缝吧。一如面疙瘩、小鳕鱼是要穿着绑腿裤、手持传阅板、头上系着防空头带吃，才会有令人泫然欲泣的好滋味呀。

我们还是不要太刻意去求证回忆的真实性比较好。经过了几十年，怀念和期待只会让气球越胀越大，我们又何必砰的一声自己用手戳破气球呢？

所以我从来不会要求母亲再做一次小时候吃的面粉咖喱饭给我吃。

鼻梁绅士录

明明自己家有养狗,却看着别人家的狗可爱,心里固然觉得有些内疚却始终改不了这习性。

尽管心中觉得对不起自己的狗,却还是会伸出手摸摸对方的狗,跟它玩耍,搔它痒。然后在这过程中一方面会留意力道不要重过摸自己家的狗,一方面又暗自比较两者之间反应的不同。

对方的狗同时也很在意饲主的眼光,却又对你表现出令人意外的媚态。一旦发现饲主看着它又立刻装作不认识你,于是我才明白所谓偷腥的乐趣,竟是这么一回事。

这种爱偷腥的狗我看过不少,但是真正印象深刻的却只有三条。一条是在日本桥某家名叫什么山庄的滑雪用品店养的苏格兰牧羊犬;一条是新宿小剧场路边的猎枪店养的短毛猎犬;一条是涩谷道玄路的精品店所养的虎头犬。

我尤其喜欢那条虎头犬。整天躺在店门口睡午觉,只要喊它一声名字"虎克",它会眼睛也不张开一下地翻转过身体，动作十分笨拙可爱。如果搔它粉红色麻糬般的肚皮时，它就会发出擤鼻涕似的吵音，表示它的高兴。

当时涩谷恋文巷一带正值繁华之际，我在出版社上班，薪水不是很多，每次都是为了想逗虎克才在回家路上到这家店逛逛，结果始终没有买过一件店里的主要商品——衣服。

一连列了苏格兰牧羊犬、短毛猎犬和虎头犬三种狗，为什么会最喜欢虎头犬呢？

其实我很清楚理由何在。

因为鼻子。

或许是因为我对自己的鼻子有些自卑，所以比起那些鼻梁挺直的苏格兰牧羊犬、短毛猎犬，我总觉得拳师狗、虎头犬比较可爱。哈巴狗固然也不错，可是它的鼻子太扁塌了，反而让我有种被嘲笑的感觉，心里很不自在。

也有人看着我的脸安慰我说："看你的鼻子，就知道一生可以跷着二郎腿舒服过日子。"

但我不认为对方说得准。在家里，我的确像鼻子形状所寓意的一样，不拘小节地跷着二郎腿舒服过日子，但如果说是出人头地，享受着物质与心灵都很充裕的生活，那可是刚好相反。

而且如果我是牵着苏格兰牧羊犬、俄罗斯波索犬在路上走，简直就跟哈巴狗带着其他狗在散步一样，所以我们家养的狗绝对是鼻梁和尾巴都很粗短的日本犬。

提起鼻子，我有一个朋友养的猫取名为"殿下马"。

我曾经抚摸那只猫的背而引起静电过，心想真是只容易触电的猫。可是，好端端的一只猫干吗取名叫做马呢？我问朋友理由。

他写下"殿下马"三个字后回答："因为身份高贵的人选择坐骑时，会挑选鼻梁修长、气质高雅的马。"

这么说来，我看过天皇陛下的御马白雪号的照片，果然是匹鼻梁十分高挺的白马。朋友家的"殿下马"是只公的虎斑猫，但是细长的两眼之间的确有一根白色挺直的鼻梁。

马的地位靠鼻梁来决定。我很庆幸自己没有生为马，不然肯定会被分派到田里耕作，然后没多久又被送进屠宰场卖来吃！

以鼻子形状来论我们家的族谱，父亲这边的家族鼻梁挺直；母亲这边的家族则是小圆鼻子，鼻孔微张，简而言之就是蒜头鼻。

两者融合为一，生下了我们四姐弟。以鼻子形状来看，长女的我是蒜头鼻，弟弟的挺直，二妹的也很高挺，小妹的同样是蒜头鼻。

不过关于小妹的蒜头鼻，其实我或许应该负一点责任。小妹刚出生没多久时，有一天我坐在走廊边，两只脚晃来晃去地读着图画书。当时爸爸很迷种仙人掌，大大小小精心栽培的仙人掌花盆都摆在走廊下方。一不小心我的脚底被仙人掌给刺到了，我大声哭叫着向后退。

屋子里面，还是婴儿的小妹躺在蚊帐里睡午觉。我不断向后退，竟一屁股跌坐在蚊帐里的小妹脸上。

小妹的哭声惊动了祖母跑来。

"哎哟，好可怜呐。"祖母一边拉高小妹的鼻子，一边说，"就算没被压到，你的鼻子也是麻布呀。"

母亲的娘家在麻布，所以我们家将小圆鼻子称之为麻布。嘴里念着"不痛不痛""阿弥陀佛"的祖母，则拥有修长挺直、形状美好的鼻子。

如今回想起来，我们四姐弟也是根据鼻子形状而分组对抗。挺直型和挺直型，蒜头鼻和蒜头鼻，就连打架时也是壁垒分明，也许鼻子和个性有连带关系吧。

父亲身为一个大男人却喜欢批评别人的长相。

"邦子是大蒜鼻,所以至少坐相要好看一点。"

"要爱护自己的眼睛,不然你那个鼻子戴眼镜一定会掉下来的。"

他大肆批评之后,看见我心情低落,便安慰说:"鼻子算什么,人最重要的是内涵和气质。"

明明已经伤了小孩子的心,还说这些有什么用。

父亲对自己的鼻形颇具信心。可是现在回过头再看,其实也没什么特别的嘛,不过是一般日本人的鼻子罢了。父亲没有名气、没有学历、也没什么钱,身世也不值得对人夸耀,能够拿来自傲的只有身材高大、记忆力很好和鼻子长得好看而已吧。

母亲结婚的时候娘家已经家道中落,但她小时候家境相当富裕,在家中备受家人宠爱,琴棋书画样样都学。

父亲身上没有的宽容和开朗,母亲身上都有。父亲一定很喜欢她这种特质,同时也很忌妒。因此在贬损母亲和母亲的娘家时,常常拿鼻子的形状做文章。

我最讨厌父亲这一点了。

或许也是因为这个因素,我笔下剧本所写的主人翁,不论男女,似乎都是在鼻子不是很高挺的想象下撰写的。

可能我甚至认为鼻子高挺的人心里所感受的、嘴里所说的，和塌鼻子的人总有些微妙的不同吧。

虽然小时候蒜头鼻让我伤心难过，却从来没有想过要整容改变它。假如我现在这副长相装上一只凯瑟琳·德纳芙的美鼻，其他人看了肯定会嗤之以"鼻"吧！

一位长年住在美国的朋友回日本探亲。我听说她一个女人在异国工作有成，赶紧前去道贺，见面时却感觉有点说不出来的怪。

我心想大概是二十多年没见的关系吧，怎么好像在跟陌生人讲话一样，就是很不自在。但老实说，是她的长相改变了。

对方大概也注意到了，干脆直言问道："我变漂亮了对吧？我一到美国便动了手术。"

日本人对外国人感到自卑之处有三：身材太矮、鼻梁太低，还有眼睛太小。身材是没办法调整了，其他能整的她都整了。我这才恍然大悟。

她的眼睛和鼻子是美国人的。

曾经在海报展上看见世界各国的儿童绘画，印度小朋友笔下的脸就是印度人的长相。我们就算不会画图，画出来的也还是日本人的样子。同样，美国的整形外科医生应该也只会做自己国家的人的脸蛋吧。

我觉得眼前的这张脸适合说英语更甚于日语。

我这才明白一个国家的语言并非只是用声音来表达，而是包含脸形、头发的颜色、五官等都一起在发声。

或许是因为对鼻子感到自卑，看历史名人的画像或照片时，我先注意到的也是鼻子。

我的心目中拥有两本绅士录，其分类不是国籍或职业，而是鼻梁的形状。

A那一本纪录的人都拥有形状典雅、高挺细致的鼻梁。

爱因斯坦、叔本华、肖邦、罗曼·罗兰、巴赫、林肯、波德莱尔、莎士比亚，近一点的名人有美浓部先生。

耶稣也属于这一个族群。

我常想，如果耶稣的鼻子也跟我一样扁塌，基督教应该就不会像现在一样遍及全世界。在天草年间对基督教进行迫害时，那些信徒恐怕也会随便践踏画有圣像的木板而通过测试吧。

芥川龙之介也是A组的一分子。

人情薄如纸，唯见流涕挂鼻头。

一个鼻子不高的人是写不出这种俳句的。而且我在读他的名作《鼻子》时，以我的立场来看，直觉那是个贵族般的鼻子。相信他本人一定不以为然，人实在是贪心不足呀！

B 那一本纪录的人们则是拥有不高不长，给人亲切感的鼻子。

易卜生、契诃夫、贝多芬、舒曼、海明威、丘吉尔、毕加索。

不怕得罪人地继续列举下去，还有：井伏鳟二、松本清张、池波正太郎。

说来有些好笑，我连音乐、文学也用鼻梁来做分类。

感觉上鼻梁挺直的那一派，思绪正统、表现华丽，但内心冷漠。其中当然不乏有人倡导人类爱的正当化，但是我遇到问题时还是会去找 B 族群的人谈心事。

我缺乏将房间、抽屉收拾得井然有序的能力，也因此在比较分类上不太拿手。大概社会上也没有根据身材、长相来论断艺术家的评论家吧，所以当我将他们的意见暗自和我内心中的鼻梁绅士录做比对时，有时不免也无法认同。

十年前我到吴哥窟观光,还顺便绕到泰国去。旅途上用尽所有现金,一共买了八十个宋胡录①的小壶。

本来想买一个大的,一来因为自己不懂得挑,二来万一回国路上摔破了岂不伤心难过,那么与其买一个不如买八十个,就算是买到便宜的赝品,心里的负担也比较轻松。

回国之后经朋友介绍,请了小山富士夫大师帮我鉴定。有道是初生之犊不畏虎,我居然恭敬不如从命地带着一纸箱的小壶到他位于镰仓的府上拜访。

大师很仔细地一个一个拿在手上端详,我在一旁大气都不敢喘一声。那是一堆高度从十二厘米到一点二厘米大的白瓷小壶。

"这三件算是博物馆级的。"大师为我打包票,我则回以晚餐招待。在觥筹交错之际,小山大师对我说:"你所选的东西,形状都很类似。"

不说我还没有发觉。的确如他所观察的,每一个都是矮矮胖胖、壶身宽广的造型,没有半个长颈瓶。

这么说来,我花大钱买来的三个韩国李朝白瓷壶也是一样,不是灯笼壶,就是人称算盘珠的形状,没有一个细长高瘦。

---

① 泰国产的古董陶器。

没想到我对鼻子的怨气也都表现在这些收藏上面。

前不久，一个小学时代的朋友拿了一个小壶放在手心上，笑着问我："你还记得这个吗？"

她说那个小壶是我小学三年级从东京转学到鹿儿岛时，从鹿儿岛寄送给她这个好友的纪念品。

朋友结婚之后将小壶带到婆家，之后便淡忘了。直到最近我们又恢复中断多年的联系，继续交往，她从橱柜里看到这个小壶才勾起了这段回忆。

那是一个萨摩烧的陶壶，釉面上的裂纹很漂亮，形状也很典雅，但是我已一点印象都没有。

一个小学三年级的女生其实还有别的礼物可以买，为什么会挑这样的小壶送给朋友呢？是在哪家店、谁陪着一起去买的呢？价格多少？我隐约地想起鹿儿岛那条经常走过的天文馆路，但我实在摸不着头绪。

唯一很清楚的是，那个小壶跟我家的八十个宋胡录小壶的形状很像，尤其跟我最爱的李朝白瓷中壶几乎完全一样，都是矮胖稳重的造型。

我提议送她别的陶壶，请她将这个小壶让给我。朋友双手捧着小壶，言笑间将小壶收回了皮包里面。

不到五厘米高的小壶里，装着四十年的岁月。那是我人生中第一次亲自挑选的陶壶，充满了我年幼时专注的眼神。

天妇罗

去到初次造访的地方时，我一定会去市场看看。因为比起游览那些千篇一律的名胜古迹，不如走进肮脏的小巷，探头看看这里的鱼店、那边的蔬果摊，听听当地口音的交易往来，感慨着"果然金泽的鱼长相就是不一样"，会是多么有趣的经验呀。

如果在市场一隅发现卖鱼浆、鱼板的小店，我便会心情雀跃。尤其是店门口还摆着油锅炸着长条形里面掺红萝卜、牛蒡丝的天妇罗——不是那种平板的天妇罗——我就会按捺不住。

心中一面担心："大概不是吧。"一面又鼓励自己："不，说不定是哟……"

几经犹豫，最后还是买了两三个当场吃了起来，每次也都有种遭背叛的失落感。现炸的天妇罗，各地的口味都很不错，但是跟我心目中的味道却差很远。我非得要三十六年前在鹿儿岛吃过的那个天妇罗不可，所以一开始这个要求就很强人所难。

随着父亲调职，在我小学三年级的时候一家人从东京搬到鹿儿岛。那时没有新干线，也没有关门隧道，从东京车站出发搭火车就要花上一整天，也不知道是谁开玩笑吓唬祖母："听说鹿儿岛的警察夏天都打赤膊，身上只穿条丁字裤，还挂把剑。"

这下害得她背着父亲小声抱怨儿子的高升。结果百闻不如一见，当地的警察当然是穿着制服，除此以外食物也很好吃，天气又很温暖，祖母马上就喜欢上鹿儿岛这个地方了。

现在百货公司常举办地方名产的展销会，不必出远门就能品尝到全国各地的美食。可是在第二次世界大战之前，想吃到当地的食物就非得亲自跑一趟才行。当时媒体信息不发达，也很难获得哪里有好吃东西的知识。

或许就是因为这样，我们家才会对几乎要双手才能抱得起来的樱岛萝卜、一口吃一个的岛产橘子感到惊艳；对条纹斑斓的小鱼和当地酱菜等美味赞不绝口。此外，不知为什么我们全家都迷上了天妇罗。

当地人称天妇罗为"炸鱼板"，甚至有"炸块"这种更粗俗的说法。我记得一个一分钱吧，在物价低廉的当时，这算是便宜的小菜。所以母亲曾经私下抱怨过：实在不好意思每天都去买炸鱼板。大概是因为我们是"分限者"，又住在拥有十间房间的大房子里，每天买炸鱼板会被人取笑太小气。所谓的"分限者",是当地方言里对有钱人的说法。我们家哪里有钱!几乎连一点资产都没有,只是因为住的地方有高大的石砌围墙和大门,害得我在学校也被说是"分限者的小孩"。

分限者的小孩,每天从山下小学放学回家时,常常会绕道去卖天妇罗的店。看着师傅将捣成浆的鱼肉用两把菜刀压成厚片生鱼片般的厚度,然后用刀子切成长条状放进滚烫的油锅中炸。油锅立刻冒起金色的泡泡,鱼板先是沉在锅底,等上了漂亮的金黄色后便又浮了上来。师傅用的应该是麻油吧,味道特别香。我陶醉地看着师傅熟练的动作,从来都不觉得腻,而且每次都是我一个人在旁边观看。

我开始阅读大人的书籍也是在这个时期。躲进储藏室里,偷拿出一本父亲的藏书,然后回到隔壁的书房阅读。因为知道被发现肯定遭没收,为了以防万一,便将父母买给我的《格林童话集》《良宽大师》等儿童书放在书桌上掩护,小心翼翼地半开着抽屉偷读。

《夏目漱石全集》《明治大正文学全集》《世界文学全集》……一本书总要花好几天才能读完,但其实小孩子又能真正读懂多少内容呢?如今回想,不禁有点后悔为什么不多等个三五年，等自己更懂事后再来阅读。总之在鹿儿岛将近三年的时光里，我将家里的藏书全部"读过"了。

当时并没有电视之类的娱乐，我的年纪已经无法满足于洋娃娃或扮家家酒等游戏。成天不是发呆就是找书来读，这就是当时我打发时间的方法。

放学回家，将书包一放好，最大的乐趣就是打开自己的抽屉。有一次，是夏天吧，打开抽屉一看居然有只壁虎探出了头，吓得我惊呼鬼叫。只好拜托别人将壁虎赶走，当时我很担心藏在抽屉里的书会被发现，但结果好像也没挨骂，或许父母早就知道这个事实了。

直木三十五[①]的《南国太平记》写得实在太有趣了，读得我晚上都舍不得睡觉。

漱石[②]的作品之中，《伦敦塔》我一读再读，百读不厌。巴比塞[③]的《地狱》里面，从墙壁上的洞孔偷窥

[①] 直木三十五（1891—1934），日本著名作家。日本两大文学奖之一、专门颁给大众文学作品的"直木赏"，就是文艺春秋社社长菊池宽于1935年为了纪念他而设立的。所著的《南国太平记》《楠木正成》等历史小说极受一般大众欢迎。
[②] 夏目漱石（1867—1916），日本著名作家。著有《我是猫》《少爷》《草枕》《三四郎》等。对写作专注而热情，并大力提拔文学俊彦，影响所及，文风大盛，可谓日本近代文学鼻祖。
[③] 巴比塞（Henri Barbusse，1873—1935），法国作家。

隔壁房间男欢女爱的场面描写，让我印象十分深刻。也是在这个时期，我知道了"阿部定"。

同学之中，有人家里是卖寝具的。有一次去她家玩时，店里的员工摊开报纸大声朗读这个事件①的报道。我们俩躲在大概是弹棉花的场地，一个宽阔的二楼夹层，躺在商品的棉被上听着。寝具店的小孩皮肤白皙、身材高大，但不爱说话，她一脸困扰地朝着我笑。那一天樱岛的火山口喷出了浓浓的黑烟，还记得市内也蒙上了一层火山灰，不过小孩子的记忆是很难说得准的。

仔细想想，"阿部定事件"发生在昭和十一年（1936），我住在鹿儿岛则是昭和十四年（1939）起的三年间，所以这个记忆应不是案发当时，可能是有了判决或假释时的报道吧。不过既然我很清楚回到家绝对不能提起这件事，可见得我多少还是知道这事件的大概内容。不管怎么说，这一段时期的记忆总弥漫着天妇罗的香味。

提到香味，我想起了父亲有一次被一群艺伎送回

---

① 此为震惊日本全国的刑事案件。一位名为阿部定的女性因为太爱不伦之恋的情人，所以将他杀害并割下其阳具带在身边。最后她被判6年徒刑。

家的往事。

应该时值新春期间吧，三四名艺伎簇拥着身穿黑色斗篷的父亲走进了客厅。一种祖母和母亲身上从来没有过的香气从门口飘散到走廊上，应该是茶花发油和粉香吧。母亲大声地开关衣橱，迅速取出家居服帮父亲换上。尽管待客时笑脸迎人，一回到餐厅里却对我们疾言厉色地说："小孩子还不赶快上床睡觉！"

祖母沉默地拨弄着火盆里的灰烬，母亲帮父亲温酒。父亲带着醉意从客厅里走来，故意抱着母亲的背装疯卖傻，抓起酒瓶回客厅时还难得开玩笑说："好烫呀！"

当时我还不懂忌妒是什么，也参不透夫妻相处的奥妙处，但也是从这一个时期起逐渐看到了过去所未曾意识到的大人的世界。

同学之中还有个神社住持的小孩，那间名叫鸟集神社的小祠堂就是她们家。她是一群女儿中的老幺，年纪虽小讲话却像个老太婆似的。有一次我们坐在香油钱柜的旁边，摇晃着双脚聊天，她说："千万别马上跟在姐姐她们后面上厕所……"

然后又压低声音表示"女人长大后会变得很麻烦……"我一边偷偷侧眼瞄了一下香油钱柜，心想里面的钱这么少，够他们一家子过日子吗？神社前面的铃铛响了，看着那条被香客的手垢给弄黑的红色绳索，心里不禁产生了一种厌恶感。

尽管如此，那些读过的世界文学全集中所描写的各种场面是绝对不会跟现实生活重叠的，书上的归书上，生活中的归生活中。或许是自己还不懂得世事吧，我总以为书中写的是别人的事。

因为看见男生的裸体被父亲打，也是在这个时期。有一次后山有男生的摔跤大赛，我和弟弟跑去看。两人打打闹闹地一走进家门，父亲便狠狠地赏了我一个耳光。

"孩子的爹，你以为邦子几岁？她不过还是个小孩子呀。"母亲整个人靠过来护着我，也挨了父亲好几拳。父亲大吼说："就算是小孩子，女孩子还是要有女孩子的样子。"

我的心智比实际年龄要老成许多。父亲经常带着身为长女的我出门散步。有一次他说要带我去逛庙会，当祖母在房间里帮我换上和服、用力在背后缠上腰带时，父亲走了进来。

"猜猜看爸爸今晚要买什么？"

当时父亲很热中于栽种杜鹃花盆景，所以我回答说："是杜鹃花吧。"

不料父亲很不高兴地丢下一句"我最讨厌太精的小孩",自己一个人便出门去了,脸上的神情是我从来没看过的。当时我十岁,所以父亲就是三十三岁。直到今天,我才明白父亲喜爱跟他性格相像的女儿,却偶尔也感到厌恶的矛盾心情。

城山的山腰上有间照国神社。神社门口是一家鞋店,店面古朴,然而橱窗里却摆着一双绿色的高跟鞋。大概是舶来品吧,做工细致,脚踝处缠着绿色的皮绳。当时我们一家人都很土,家里面没有穿高跟鞋的摩登女性,所以那双鞋在我眼中简直是金光闪闪、高不可攀。

回到家后,我一个人在走廊上假装穿上那双鞋,踮起脚跟走路。一不小心没走稳,差点撞上了玻璃门,看见眼前樱岛的火山口正在冒烟。

公司宿舍名叫"上之平",位于跟城山平行的另一座山边,一个足以眺望整个鹿儿岛市的高台上。站在走廊向外望,樱岛就在正前方。

学会"空谷"这个词也是拜樱岛之赐,且因为觉得是个好词,我始终很喜欢。但直到写这篇文章时,为了谨慎起见才查字典确认,结果令我大吃一惊——一直以来,我以为"空谷"指的是眺望远山时所看见山谷间的阴影,其实应该是人迹罕至的寂静山谷,长期以来我都想错了。

教我这个词的是上门老师、内野老师还是田岛老师呢?他们都是山下小学的男老师,其中我对田岛老师的记忆最鲜明。对自己的力气很有信心的田岛老师并非我们的导师,有一次在体育课堂上对着整个年级的学生发号施令:"跑步到城山去!"

从城山回学校的路上,老师掰开拴在电线杆上的一匹马的嘴巴,对学生们说:"动物的年龄看牙齿就知道。"

那匹马拼命挣扎,只见老师费尽力气地压住马,好帮我们上这一堂自然课。

我曾经在全校师生面前被田岛老师打,原因我已经不记得了,应该只是一件小事,所以当时的我也搞不清楚被打的理由。大概是从东京转学过来的我,多少成绩还算不错,在学校里也很受到欢迎。当时战争已逐渐开打,为了迎接为战争而死去的亡灵,我一个小女生代表学校在大会堂上朗诵祭文,所以让田岛老师看不顺眼吧。的确,当时的我也是一个骄傲自大的小学生。尽管那是我头一次被父亲以外的人打,感觉十分屈辱,但我还是很喜欢田岛老师。直到今天我还很怀念他奋力亲为的野外教学,以及打得我鼻子都快断掉的痛楚。

听到田岛老师战死在冲绳的消息,则是在五年前。

班上有一名叫 I 的女生。

因为她最矮,左脚又有点跛,所以体育课时总是跑在最后面。

一个远足的早上,身为班长的我看见她妈妈送来一个大布包。沉甸甸的布包里装的是水煮蛋。她妈妈朝着当时仍是小孩子的我鞠躬,并用我听不太懂的鹿儿岛方言表示"请大家吃"。现在我只要一想起那块咖啡色的粗布巾和沉重温热的煮蛋,总觉得心酸。

原本我的人生计划是想平凡地嫁为人妇,却不知道哪里出了差池,至今仍是单身,靠着写电视剧剧本过日子。既没什么特殊文采,也不知道在哪里学的,却能写出人情冷暖、人性奥妙的故事(这种说法有些夸张)。探索我的创作原点,或许可以追溯到在鹿儿岛度过的那三年。

那个在朦胧春霞中沉睡的女孩,应该是在那段时期觉醒的吧。她突然发现有些事比点心的大小、洋娃娃的手折断了,以及学校里的成绩还重要。那是跟她过去完全不同色彩的世界。她的世界开始染上了男女的颜色,她开始逐渐明白喜悦与悲伤的真正意义。从十岁到十三岁之间的种种回忆都弥漫着天妇罗的香味。

那部有名的作品《追忆逝水年华》,[①] 男主角将贝壳蛋糕浸泡在红茶里时,逝去的过往便排山倒海似的复苏了。我的贝壳蛋糕就是天妇罗,虽然听起来有些廉价,但事实就是事实,强行美化毫无意义。

我很想再回鹿儿岛看看,却又怕触景伤情,成年之后竟然一次也不曾重返过。

---

① 《追忆逝水年华》为法国作家普鲁斯特(Marcel Proust, 1871—1922)的作品,20世纪初分7部分、8次出版,总字数约200万字,其中第二卷获法国龚古尔文学奖。

鸡蛋与我

一边敲鸡蛋一边思索着。

写到这里,突然觉得怎么跟大文豪夏目漱石的《草枕》风格很像而停下了笔。我在思考,从出生到现在究竟吃过多少只蛋了呢?

一个星期四只,一年就大约两百只,十年两千只,于是乎我已经吃了将近一万只的蛋。现在东京的一只蛋价是二十日元,所以换算成金额约是二十万日元。而且光是想到吃了一万只蛋,就觉得恐怖。有个朋友曾经写过一首很好笑的俳句——

油菜花盛开,恰似百万份煎蛋。

更别说是我那一万人份的煎蛋。

我从小得到的鸡蛋之惠不少。

因为我身体虚弱,却又不爱吃白稀饭,当家里听到医生指示可以在稀粥里打个蛋时,不禁谢天谢地。于是我一边听着冰枕里冰块融化的水声,一边让祖母喂我吃鸡蛋粥。

当时我也不是虚弱得下不了床，只是我还不满两岁弟弟便出生了，从此被夺去母亲的怀抱。加上我半夜哭泣吵着要吸奶，母亲只好在乳头处涂抹辣椒戒掉我的坏毛病，所以我当然想借机撒娇啰。

祖母先张开嘴巴说一声"啊……"，然后用调羹拨开凝固的蛋白，朝着蛋黄多一点的稀饭"呼……呼……"地吹凉后，再送进我嘴里。祖母身上有着烧香和烟丝的气味。

荷包蛋和煎蛋是经常出现在便当里的菜色。听说最近儿童的便当菜如果没有同时具备黄、红、绿三种颜色，家长就会被警告。以前我们的便当菜是荷包蛋和腌萝卜，整个都是黄色的，也没听见老师说过什么。荷包蛋还算是上乘的菜色。有些小朋友带的菜是酸梅和卤海带，便当盒里的白饭塞得饱满结实，令人怀疑是不是用脚踩过了，顶多上面再放一条小鱼干。也有的小朋友说忘了带，每天一到中午便跑到操场上踢球。

大概是酸梅的酸味使然吧，有些家境贫困或是便当盖千疮百孔的小朋友，吃便当时总习惯躲起来吃。有的将桌盖竖起来，有的用包便当的报纸围住，有的便当盖只打开一小道缝隙，吃相千奇百怪。但老师一句话也不说，或许他们也很理解学生们的自卑情结。

因为父亲工作的关系，光是小学我就转了四所，所以我忘了那个女生的名字，只记得一年三百六十五天，她的便当菜都是鸡蛋，因此外号也叫"鸡蛋"。

鸡蛋学过传统日本舞。虽然年纪小，却拥有舞者特有的柔美身段，连穿水手制服看起来都像是穿和服一样。她很会向讲台上计分的男老师撒娇，还会翘起兰花指，拍着老师的肩膀嗲声嗲气喊着："等一下嘛……"

这让出生在保守家庭的我看得目瞪口呆。

由于学传统日本舞蹈很花钱，所以同学们都在背后说她们家是舍菜钱来让她学舞的。学校园游会时，鸡蛋表演了"藤娘"的舞蹈，我却觉得好像是只水煮蛋穿着和服在跳舞。

童年时候的争执，如今看来会觉得微不足道，但在当时是很认真的。我曾经因为被B同学告密，有一段时间不跟她说话。B住在不见天日的大杂院里面，妈妈和哥哥都患了结核病，她的胸部也像木板一样的扁平。B的功课不好但声音很好听，常常在园游会上站在最前面表演独唱。我则是站在最后一排一边伴唱，一边看着她破旧的衣服泛着污垢的油光。

自从我们不说话后，有一次学校远足，就在我正准备吃便当时，B走到我面前，递出一只水煮蛋。我正想推辞时，她丢下鸡蛋转身便跑。我拿起鸡蛋准备还给她时却发现鸡蛋上面有些肮脏，仔细一看，蛋壳上面用铅笔写着：我没有告"秘"。

从小我就很喜欢在刚煮好的白饭上打只蛋拌来吃。

可是我们家规定两个小孩只能吃一只蛋，父母的理由是：如果一开始先吃白饭拌蛋，最后就会喝不完味噌汤了。

每次母亲都会将我和弟弟的碗排在一起，然后将一只加了浓酱油的生蛋平均分配给我们。我是长女，所以我的先来，往往蛋白的部分便自然地滑进了我的碗里，让我不禁在心中惊呼一声"啊"。

因为蛋白吃起来很恶心，又不太融于白饭。我甚至暗自埋怨，要是生为老二就好了。直到今天，当我做菜需要用半只鸡蛋调炸粉时，我还是会忆起那一声"啊"的感觉。

敲开生蛋时，有时会发现里面沾有血丝。小时候可以说声"哇，好可怕哦"便无所谓了，但长大之后却没有那么简单，常常会看着恶心，不知如何处理。

有时在做早餐时发现有这种蛋，我会不让家人知道，偷偷地做成煎蛋端上桌。

前一阵子和一群女性朋友聊些体己事时，我说出了这件困扰事，朋友们都说我想多了，一笑置之。

"我懂，我也有同样的经验。"只有一个朋友赞同我的想法。

她穿着素雅的和服，领口像个少女似的封得严丝合缝，一发现口红沾在咖啡杯缘时，便立刻拿餐巾擦拭掉。看来从一只鸡蛋也能看出女人的性格。

为什么蛋壳没有接缝呢？

小时候我就觉得很纳闷。它在鸡的肚子里是如何长大的呢？折过纸气球、做过豆沙包的人就知道，圆形的东西要收口是最难的。尽管已经够小心处理了，往往还会留下证据让人看出某个地方曾经裂开缺了口。

但是鸡蛋任凭你怎么看，也看不出哪里是头、哪里是尾，也挑不出一丝的伤痕。

鸡蛋连形状都很神秘。

如果让一只鸡蛋滚动，结果一定是尖的那一头朝内，转成直径约三十厘米的圆，最后又在原地停止。绝对不会做直线状的滚动。或许这么一来，从鸟巢滚落时也不容易打碎吧。

我虽然是个无神论者，但是看到这种情况，也不得不觉得冥冥之中有神明存在。

朋友的姐姐因为车祸身故。听说是在买菜回家时遭遇了不幸，而菜篮中的鸡蛋却完好无损。

这个故事有点骇人听闻，不妨改提美国的新闻比较轻松有趣。这已经发生一段日子了，说是在复活节前一天，一辆载满鸡蛋的大卡车在高速公路翻车了。司机以为所有鸡蛋全毁了，却找到一只没有破掉的蛋。报上没有提到最后谁吃了这只鸡蛋，可是我却觉得蛋充满了奇妙的力量。

布兰克西是个以蛋形为主题的雕刻家，不过我在银座的画廊里看到山县瘦夫先生以蛋和手为题材创作的木雕时，很感动其作品的温暖。

蛋形还让我联想到了马蒂斯。①

据说他很努力，直到过世前还每天做鸡蛋的素描。我是个完全不会画图的人，却也试着提笔看看鸡蛋要怎么画。果然是很困难，怎么画都不成蛋形。画得太仔细，鸡蛋不是画成了石头就是马铃薯；放轻松随便画，则又画成了小圆麻糬。

小学时期，我们家曾饲养过矮脚鸡。

我们将竹笼放在院子里，用饲料喂养一对矮脚鸡。

---

① 马蒂斯（Henri Matisse, 1869—1954），法国画家、雕刻家。被誉为野兽派大师。

矮脚鸡生出来的蛋虽然小，但沉甸甸的很有分量，等累积到够我们全家人吃的数量，就会成为早餐桌上的佳肴。我很想看到矮脚鸡生蛋的样子，就歪着脖子整天偷看，结果除了换来脖子酸痛外，始终没有看到好戏。

那时对华战争刚刚开打，学校要我们写"致远方战士书"。

我经常在信里提到这对矮脚鸡，说它们今天又生蛋了、我被鸡啄了一口啦、从院子里看到的樱岛火山口烟灰冒向哪一边、准备燃柴火烧热水洗澡时在院子里看见一只颜色跟落叶一样的大癞蛤蟆等等的琐事。

没想到收到我信件的战士居然跑来找我。

由于当时战况还不是很激烈，他利用移防或是返乡探亲的机会来到我家。他穿着一身皮革和汗臭味夹杂的军服，站在大门口行举手礼。容易激动的父亲一听到他很高兴收到那些信件，便请他到外面的餐厅吃饭，让烦恼家用的母亲抱怨不已。

最近因为工作忙，于是写了一些内容很制式的明信片给亲友，不禁反省不应该忘记了三十五前童稚的初心。

鸡蛋也分大小。

我所服务的出版社即将倒闭，我们每天上班后会聚集在附近的咖啡厅协商今后的对策。

薪水发不出来、欠作家的稿费也拖了半年才给。我们一边体会到小公司的悲哀，一边讨论着该找工作还是继续观望时，有人发现早餐附赠的水煮蛋特别小。

"是不是待在小公司，连给的蛋也一样小呢！"听到有人这么开玩笑，老板娘立刻冲出来，一脸正经地解释：鸡蛋有大、中、小和极小几种规格。早餐基于预算的关系，所以选用的是小的。说时还拿出鸡蛋笼让我们看，里面果然都是一样小的鸡蛋。

那只蛋不知是什么时候煮好的，蛋是凉的。

剥开蛋壳时，或许是蛋不新鲜，也可能是煮得太老了，很不好剥，有时连蛋白都一起扯下来了。当时我刚开始写广播剧本，处于人生的转机阶段。就在工作准备更换轨道的不安时期，我吃到了一只又小又冷、被我剥得凹凸不平的水煮蛋。

有些人对鸡蛋过敏，而猫和狗也有喜爱鸡蛋与否之分。

我以前养过一只名叫比鲁的虎斑猫，它最爱吃鸡蛋。这只公猫在五岁的时候得了肺炎，我带它去看兽医，打完针后病况稳定了下来。可是在一个寒冷的夜晚，它受到母猫叫春的引诱爬出玻璃门外，隔天一早回家病情又恶化了。

给它什么东西它都不吃，也不喝水。这时朋友教我"用生鸡蛋加白兰地和砂糖搅匀给它喝喝看。听说临终的人喝了可以维持几个小时的寿命，所以猫喝了应该也有效"。

由于我们家没有白兰地，因此我赶紧跑出去买，然后根据朋友说的调配。我先试喝了一口，才用手指沾一点送到比鲁的面前。它伸出发白的舌头舔了一下，算是对我尽的义务吧，之后就再也不看一眼了。

比鲁坐在走廊上的玻璃门前，曾经美丽的皮毛竖了起来，身体因为瘦弱没有力量，前后摇晃着，突然它面对着庭院大叫："喔……喔……"

我从来没听过它这么叫，心想怎么跟狗朝着远方吠叫很像。往院子一看，在树丛下有一只、石灯笼后有一只、松树枝头上也有一只……全部加起来有七八只猫坐在那里。

那是个冷冽的冬日傍晚，猫群大概是前来送别即将过世的朋友吧？我不禁感到一阵毛骨悚然。

隔天早上起床时，比鲁冰冷地躺在彻夜看守它的母亲的腿上，旁边猫碗里加了生蛋的白兰地酒已经干掉了。我将那个碗埋在它经常攀爬的松树底下。

我从来不曾想杀人，也没有过寻死的念头。生活平淡，既没有体验过如上九重天般的幸福滋味，也不会咒人死于非命，所以我的鸡蛋历史自然也平凡无奇。然而我却深深感到，在我充满小小喜怒哀乐的日子里，鸡蛋不时扮演着貌不惊人却很称职的配角。

问我的鸡蛋历史中最悲惨的是哪一段？我想应该是战争时期的干燥蛋吧。不管如何动脑筋调理，吃起来始终是干干瘪瘪、没什么味道。就像战时的回忆一样，不论怎么美化，总是留下苦涩与辛酸。

老是提起过去的往事会被大家看穿我的年纪，但我还是觉得过去的鸡蛋比较好吃。以前的鸡不同于现在用混合饲料饲养的鸡，吃的是玉米、掉在地上的米粒、土里的虫，所以蛋壳坚硬、蛋黄浓稠、蛋体突出有弹性。

一位来自泰国的朋友表示"日本的鸡蛋有腥味"而不敢吃。

连温度也有所不同。

以前买鸡蛋是要用篮子装的。因为冰箱还没有问世，鸡蛋不能买来放。握在手掌心时，有种活生生的感觉；现在的鸡蛋是冰冷的，感觉像是死的一样。

还要继续挑鸡蛋里的骨头的话，以前的鸡蛋似乎比较大，但这很可能是我的错误印象。

去世的父亲曾经说过一件往事。他小的时候家里很穷，常常在冬天里被叫去七尾街上买米。

颤抖的小手握着钱走在大雪之中，当时父亲心想：从家里到米店的路程怎么这么远呀！等到长大后重新走这一段路时，才发现路程近得令人意外。

我想是因为贫穷，又加上肚子饿的关系吧。饥寒交迫，自然会觉得很远。可是父亲总说最大的原因是"因为小孩子的个子太小"。

的确，小时候总觉得周遭的东西都很大。大人看起又高又神气、家里的天花板好高、到学校的路好远……连半夜起床上厕所都觉得走廊好长。

所以或许不是以前的鸡蛋大，而是我的手掌太小吧。

后 记

三年前生了一场病，病名是乳腺癌。

病灶约黄豆般大，听说算早期发现。但是这种病没有百分之百的安全保证。出院后的那一阵子，我看到"癌"字跟"死"字，总觉得特别不一样。

甚至在睡梦中也对癌症心生恐惧，但在日常生活里我却故意装做不认识这个字。对于罹患绝症的人而言，最需要的莫过于回归"平常"两个字。大概是我生性懦弱，不论是提到生病的话题或是有人安慰我，我都没有自信能够不感情用事。

我之所以不想提起生病的事，另外一个原因是上有高堂。母亲的心脏一向不好，主治医师交代过不能受到刺激。对父母来说，自己的小孩不管活到几岁，永远都是小孩。即使没有这层因素，母亲始终都很关心我这个嫁不出去的长女的未来。如果告诉她病名，恐怕到时住院的会是我们两个人。

对于电视台的工作人员,因为势必得撤换下我的节目,我不得不据实以告并请求谅解,还交代说探病时千万不要带甜食和苹果来。之后便绝口不提我的病情。

我出院后的第一个月,《银座百点》问我有没有兴趣每隔两个月连载一篇短文。看来对方应该不知道我生病的事。

当时我很担心自己可能活不久了。从病发到动手术的过程中,多少有些情况让我挂心。偏偏又因为输血感染了血清肝炎,整天躺在床上,双手如不常常活动的话,肌肉会僵硬。可是又卡在手术伤口收缩期间,我必须绝对静养才行。结果右手因此而不听使唤,无法运用,严重的时候连开个水龙头或写字都有困难。

几经考虑,我答应为他们写稿。

毕竟停掉电视台的工作之后,我很空闲。何况慢慢写的话,左手也并非不能派上用场。我也很想尝试,看看这时候的我能写出什么样的东西。电视剧本,就算是写了五百集、一千集,当场就像棉花糖一样消失无踪。如果硬要找个理由的话,我只是有种心情,想写份没有接收对象、轻松自在的遗书留在这世上。

描述平凡无奇的一家人,生活上的点点滴滴固然很有趣,但在回忆童年往事的过程中,我发现自己的心情和右手的状况已逐渐好转。承蒙编辑部的好意,连载持续了两年半之久,没想到最后还能集结成书问世。

从第一年起就有读者们来信与来电指正。我担心他们会觉得文章的调性太过"阴沉",不料得到的答案却是"不会呀,读了令人会心一笑"。我才算松了一口气。

这是我头一次以文章的形式写作。当要集结成书时,虽然发现三年前的不成熟之处,但是想到用右手改写左手笔下的文字便心生不忍,于是就决定还是原封不动地付梓吧。

当初向《银座百点》推荐我的人是车谷弘先生(《文艺春秋》顾问)。我没有通知他生病的消息,想等到连载结束后再告诉他,好让他大吃一惊。没想到车谷先生却生病住院了,据说是感冒的关系,但后来从别人口中知道他的病是"肺"字下面跟着……那个我忌讳的字,我便不好多说什么,也没有去探望他。直到他在四月去世了,我便永远失去向他当面道谢的机会。这是心中唯一的遗憾。

刚开始的一年,我看到"癌"字跟"死"字会觉得很刺眼。第二年后,反倒是看见"生"字颇有感触。但是现在看到这三个字,心情已经不像过去那样容易起波澜。

听说最好的药就是三年的岁月,似乎开始写文章后,那份充实感也发挥了精神安定剂的作用。这本书或许可说是我得病送给我的小礼物。

在此我要感谢《银座百点》的佐佐木道世小姐(因为我拖稿的习性,老是害她跑好几趟)、《文艺春秋》的新井信先生和负责设计日文原书裱装的江岛任先生。

接着又要回到私事，很不好意思。我打算写完后记后为我这三年来隐瞒病情的不孝向母亲道歉。因为这一阵子一向开朗的母亲身体状况不错，而且她本来就很坚强，我的病情也没有复发的迹象，加上也正常工作了，我想母亲应该能坦然接受才对。

于是这本《父亲的道歉信》便成了"我写给母亲的道歉信"。

昭和三十五年（1950）10月　向田邦子

跋

泽木耕太郎

一

先前不经意地浏览小说杂志上的随笔专栏，没有意识到作者是谁却兴趣盎然地读完了整篇文章。那是篇名为《橡皮擦》的散文，大约是六七张四百字稿纸长度的短文。比起同一杂志上刊载的小说，这篇散文读来更具小说的味道。

身上躺着一个巨大的橡皮擦。

文章一开头便出人意表。

……从酒馆回到家，在微醺的状态下躺在沙发上休息时，突然感觉一个榻榻米般大的橡皮擦仿佛毛毯般轻轻地盖在我身上，然后渐渐地又像床垫般膨胀，我开始感觉有些沉重。因为身体慵懒、十分疲倦，也就没有将它推开继续躺着。突然间，哪里传来了猫叫声，还有喷雾般的"嘶嘶"声。我想大概是住在同一栋楼的那个酒廊小姐正在用喷雾产品吧。意识朦胧之中，我的思绪又回到了橡皮擦，父亲和橡皮擦、学校和橡皮擦……和回忆玩耍之际，觉得身上的橡皮擦越变越大了，终于变成跟房间一样大。猫叫声和嘶嘶作响持续不停。我明明记得一回家就打开了煤气炉，怎么还是这么冷呢……这一瞬间我才知道糟糕了，大概是煤气漏了出来。我拼命想起身，但是身体不听指挥。我的手指没办法动、眼睛也睁不开。另一方面我又觉得自己是在做梦，我做了一个煤气中毒的梦。然而我还是使尽力气，推开身上的橡皮擦，好不容易站起来将窗户打开。接着我将被猫给弄熄的煤气炉给关上，然后趴在窗户上大吐特吐，我的猫也跟我一起吐了。

这篇标题为《橡皮擦》的文章在下一段文字后便结束了。

　　那天直到傍晚，我都觉得头痛，似乎脑浆套了塑料袋，听别人说话都像隔了一层薄膜，模糊不清。好不容易有了食欲，我从菜篮里取出高丽菜准备做饭。

剥开最外层的叶子后，还能闻到里面有煤气味。抽屉里面折好的手帕也是，连皮包里装零钱的小钱包打开来也是一股臭味。我才真正感觉到煤气外泄的恐怖。

出人意表的开头、不至于太过也不会不足的情境描写、惊险的情节铺陈、巧妙的心理描写和卓越的结束。读完之后我惊艳于文字手法的高明，才重新看了一下作者是谁——向田邦子，这是我第一次对向田邦子的名字产生深刻的印象，不是因为她电视剧作家的身份，而是因为她是一名文字精彩的散文作家。

半年后，她的第一本散文集《父亲的道歉信》出版了。这些连载于《银座百点》的二十四篇文章，都比《橡皮擦》要长，处理的内容也很多样化。但我读完两者之后的感想是一样的，一言以蔽之就是：文字精妙，新鲜有趣。

谷择永一评论《父亲的道歉信》是"首度出现的'生活人的昭和史'"。的确，她将平凡无奇的小康家庭，尤其是日本在第二次世界大战前的生活样态活灵活现地描绘了出来。

以前三岛由纪夫在读完园地文子的《女》后表示，作者让他童年时期所残留的"明治"时代印象又复苏了。同样，出生在战后的我读了《父亲的道歉信》，也能隐隐约约感受到"战前的昭和时代"。书中出现的餐桌上的风光、学校里的情景、父母斥责小孩的方式、点心零食的名称等，都让我感到奇妙与产生怀念。

但是尽管我仔细玩味,毕竟还是缺乏同一时代的体验,所以《父亲的道歉信》于我不是"生活人的昭和史",而是一本"文字精妙、新鲜有趣"的散文集。

二

本书里的二十四篇文章,各有其巧妙、新鲜、独到之处。因为作者花费了相当心思配合标题写作,但同时它们之间又存在某些共通的特征。

第一是"文章"的写法,每一篇文章都充满了视觉性。我想是因为向田邦子经常以穿插的方式说故事,而这些故事并非只是枯燥的描写,其场景都充满了丰富的生命力。不管所描写的是人是物还是风景,向田邦子都能精确掌握描述对象的表情、色泽、味道等细节,于是随着她叙述的笔调,那些人、物与风景便轻而易举地在读者面前呈现出影像。

特征之二是"结构",结构很戏剧性。最明显的就是一个回忆接着一个回忆的大胆跳跃式写法。在本书中,每一段故事与故事之间设了一行的空白,这行空白其实隐藏了极大的跳跃。读者一时之间很困惑,不知道下一段会被带到哪里。时间和空间自由跳跃,连描写的对象也不同,甚至里面传递的情绪也变化多端。

但不管跳跃得多激烈,如果不经过处理,一段一段的故事会显得散漫无章。本书的文章之所以能带给读者一种快感，是因为所有的故事在结束时有了统合。最后的几行文字跟标题遥相呼应，让一个个随意四散的小故事都往同一方向收尾。

我小时候曾经热中于扑克牌算命。按照自己的年龄数目切过几次牌后，将所有的牌翻开排成四列，排列的过程中如果上下左右或斜边有相同的数字出现时，就将两张牌拿开，并将空隙填满继续排列。于是乎无法配对的牌越排越长。但有时顺利的话，本来毫无动静的牌只因为最下面的三张配成了对而一一解套，最后连一张牌也不剩。

向田邦子的散文结尾，感觉就跟这种消去法的最后一瞬间很类似。乍看之下每张牌之间毫无关联，直到翻开最后的一张牌，所有的脉络竟然都相通了。例如书中有篇《老鼠炮》，几乎就是她完美的典型写作结构。

一个接着一个提到的故事没有直接关系，从高松小学六年级时的往事、小学四年级住在鹿儿岛的过往、读女校时期的旧事、服务于出版社的上班族昔日……最后我们才知道竟然都是跟死亡有关系的回忆。于是作者写道："为什么几十年来遗忘的往昔会在这一瞬间涌上心头？惊讶之余，也能跟早已忘记脸孔和姓名的死者们有一段短暂的会面。这就是我的中元，这就是我对死去亲友送往迎来的灯火吧。"一口气将所有段落整合在一起。就像是散落在桌面上的菩提子一样，一瞬间便串成了一条念珠。

三

"向田邦子突然间出现，几乎立刻就变成了名人。"山本夏彦在杂志连载的评论中这么写道。

的确，作者突然以本书成为散文家，现身文坛之时，她已经具有独特而完整的个人写作风格。虽然对我们而言她的出现是那么的突如其来、出人意表，但可以确定的是她独特的写作风格并非成就于一朝一夕。于是我们不禁要问：让向田邦子诞生《父亲的道歉信》这本杰作的缘由到底是什么？

关于这个问题，大家都会注意到这跟她长期以来电视剧本写作的"经验"有极大的关联。的确，视觉性的写法，尤其是详实描写一个个回忆故事，跟电视剧本的场面设计有共通之处。而且从一个回忆大胆跳跃到另一个回忆的笔法，也常运用在电视剧本的场面交替。她自己也在访谈中面对"向田女士的作品……可以让读者具体而鲜明地感受到影像……"的说法时，如此回答："我想如果各位觉得印象鲜明，大概是因为我的写法属于电视剧本的写法吧。"不过这并不是她写作方法的全部。

在本书中，作者穿插了数量庞大的诸多小故事，主要是因为有"记忆"的存在。而向田邦子不论记忆久远与否，都能活灵活现地让往日重现。然而我并不认为这是因为她的记忆力。我相信她的记忆力应该不错，但问题不在于记忆力的好坏。因为她可不是随意地罗列信手拈来的过去，而是根据主题重新审视记忆，挑出合适的加以铺陈。她顺着绳索滑进黑暗的过去，用手电筒点检与阅读记忆，同时具有男性观点和女性观点的她，在阅读记忆时的视线会产生独特的角度。经由这种视线的切割所萃取的记忆片段，就会成为不论男性或女性都感觉熟悉却又新颖的题材。向田邦子真可说是个阅读记忆的专家。

　　回忆就像是老鼠炮一样，一旦点着了火，一下子在脚边窜动，一下子又飞往难以捉摸的方向爆炸，吓着了别人。

　　这是《老鼠炮》中的一段文字。我认为这句话说明了记忆从不同的角度打上灯光后，就会产生新意重新复苏。
　　向田邦子能够以这种方式阅读记忆，很明显跟她的年龄有绝大关系。我不是说经验跟她一样丰富的人就能写出同样的作品，但至少她自己必须认同自己的"定位"，然后才能从那个位置观察整个世界。

　　有生以来第一次订做参加丧礼的礼服。这件事我可不想大声嚷嚷，因为我已经四十八岁了。要是在一般的公司行号上班、像平常人一样结了婚、走在正常的人生道路的话，参加婚丧喜庆的机会自然会增加，到了这种年纪拥有两三套冬季和夏季礼服也就不足为奇了。偏偏不知道哪里出了差池，我就是销不出去，加上从事的是写电视剧本的"不务正业"，遇到婚丧喜庆便随便凑合衣服穿去参加了。——《隔壁的神明》

要想写出这样的文章，肯定需要有相当的年纪才行。年轻人之所以不适合写散文，问题不在于经验的多寡，而是很难找到自己的定位。向田邦子基于她的年纪和意外生的一场大病，在这两条直线的交点上她很轻易地找到了自己的定位。

"经验""记忆""定位"，缺少了其中一样，《父亲的道歉信》就难以诞生。

四

向田邦子的散文特质是：比诸于小说也不遑多让。《父亲的道歉信》和另一部作品《回忆，扑克牌》其实本质差异不大。文字很视觉性、结构具戏剧性，而且都是以回忆为故事的主轴，两者十分类似。

《回忆，扑克牌》中的主角取代了《父亲的道歉信》中的我，由各具姓名的中年男女一一上场。在他们的日常生活中，有时会遇到某些转机，就像触动了回忆之名的扑克牌一样，打乱了人生的脚步。故事在偶尔打乱现在生活步调的过去记忆中交错进行。当然这些记忆不像《父亲的道歉信》一样，直接就是向田邦子的回忆，而是她创作出来的记忆。换句话说，她将自身的记忆配合书中人物的状况施加些微变化与改造。不过这种情况下，我想与其说是记忆，应该说是"观察"更贴切吧。向田邦子的观察十分敏锐，使得她不仅是阅读记忆的专家，也是观察人间的专家。

也难怪阅读向田邦子的作品时会令人想到技术高超的专业师傅。她那鲜活的笔触，就像一名大厨师在烹调鱼之前所展示的细腻且大胆的刀工。

将向田邦子跟专业师傅的形象重叠并非偶然的想法，也不只是因为她的外祖父是个怀才不遇的木匠，而是因为我很肯定她身上留着专业师傅的血液。在她的第二本散文集《睡眠的酒杯》中有一篇《桧木军舰》，其中写道："直到这时我才意识到我立身处事的标准，会不会是来自外祖父呢？"

她绝对不会脱离具体的描写，笔下不会有流于抽象而空洞的修饰文字。而是用适合自己分量的素材，用自己惯用的道具加以调理。她不会大声叫嚣，也不会沉溺于激情。而是很实际地将自己所熟悉、所接触过的世界动笔写出来。这种斯多葛主义①跟专业师傅的洁癖是相通的。

谷泽永一、山本夏彦和山口瞳都一致认为，她这种某一偏好的执著是她受到广大读者支持的原因之一，因为她有着专业师傅的清高与洒脱。山本夏彦在他的文章中以"名人"来赞叹向田邦子，我想也是因为他从向田邦子的文字中发现专业师傅高超的手艺吧。

《父亲的道歉信》《睡眠的酒杯》《无名假名人名簿》、《回忆，扑克牌》《双狮情缘》，再一次阅读向田邦子的这些作品，就会为其中的新意再一次感动。如果硬要说出有什么遗憾的话，那就是她太吝于提到自己了。令人意外的是她常常描写自己的父母、弟妹、猫和友人，却几乎不提个人的本质。至少从少女时代到发现自己定位的现在，尤其是她最混沌且最丰富的时期，她从来不触及。也许是因为她追求圆美的细致文章是无法容忍还未结束的混沌状态吧。

如果说身为作家的向田邦子未来将面临什么困难，我猜想会不会是她那种新鲜有趣的结尾方式将成为写长篇作品时的枷锁。我听说她的第一本长篇小说《双狮情缘》，虽然只是将电视剧本改编过来，就已经让她吃足了苦头。向田邦子以她的手法写长篇小说将会有什么新的面貌？她将如何来诉说自己的内心世界？我拭目以待她的新作品问世。

---

① 斯多葛主义者认为人不应为情感所动，应把各种事情当作神意或自然法则的不可避免结果来坦然接受。

五

　　写到这里，时间是 8 月 22 日星期六。

　　下午两点，正想偷个闲听一下收音机。不久传来新闻报道：台湾上空发生坠机事件，所有乘客均无幸免于难。接着主播开始报出该架飞机上的日本乘客姓名。

　　不是很专心听的我，听到报出"K·向田"的名字时，不禁心中一惊。因为听说所有的日本乘客都是男性，所以我直觉认为那个"K·向田"不可能是向田邦子。尽管没有确切的理由，心里还是感到十分地不安。我时而担心会是真的，又怀疑可能是因为这些日子整个头脑都在愁着，如何写好这篇关于她的评论文章，所以很自然地将那个名字联想成她了。但是当电视新闻上出现向田邦子的全名，并说目前还在进行确认时，我打电话到向田家，电话录音声中传来已经确定罹难的消息。

　　我坐在好不容易才完成的文章前，茫然不知所以。因为向田邦子过世了，我的文章也不具有任何意义了。本来之所以由我写这篇《父亲的道歉信》的跋文，是向田女士希望听听年轻人的感想而让我执笔。我也应其所求，心想至少希望向田女士读来觉得有趣，因而好几天坐在稿纸前殚精竭虑地写作。

　　我跟向田女士只有一面之缘。那是在小酒馆不期而遇，跟其他几人一起喝酒到天明。我几乎已经忘记那天晚上聊了些什么。唯一印象深刻的是，到了清晨走出酒馆外时，天色已经十分明亮了。我在马路边伸了个懒腰，嘴里喃喃自语："该回家睡觉了。"向田女士则笑着说："我可是该回家开始工作了。"十分疲惫的我不禁惊讶地望着她的脸，熬夜喝了一个晚上的酒，她的脸上丝毫不见倦容，甚至显得神采奕奕。那刚好是一年前夏天的事。

　　事后，我听说她原本要在我这篇文章完成后请我吃饭。固然很遗憾没有机会再跟她愉快地喝酒，但是更遗憾的是我将无法请她阅读这篇文章，而她可能是唯一觉得这篇文章有趣的人。

　　话又说回来，本文中选用向田女士的文字似乎都有点灰色。仔细一看，不论是《老鼠炮》还是《隔壁的神明》，都跟死亡有关。我没有刻意挑选，事到如今也很懊悔为什么不挑些气氛华丽的作品呢。也许是因为向田女士的散文中常常在幽默的口吻背后隐藏死亡的暗示吧。

昭和五十六年（1981）12月
（本文作者为日本知名作家）